Harter Tobak

Man sieht die Sonne langsam untergehen und erschrickt doch, wenn es plötzlich dunkel ist.

Kafka

Biggi Ahlers

Harter Tobak

Kriminelles und Schicksalhaftes

Geschichten und Gedichte, die das Leben schrieb

*Bibliografische Information der Deutschen Nationalbibliothek:
Die Deutsche Nationalbibliothek verzeichnet diese Publikation
in der Deutschen Nationalbibliografie; detaillierte bibliografische Daten sind im Internet über http://dnb.dnb.de abrufbar.*

© 2016 Biggi Ahlers

*Herstellung und Verlag: BoD – Books on Demand,
Norderstedt*

ISBN:978-3-741250-23-1

Wolf im Schafspelz	7
oder Mein Mann, der Serienmörder	
Disziplin	39
Eisblauer Dezember	43
Lila Sommer	53
Alles nur Show	61
Klebrige Hohlraumversiegelung	67
Miris schwarze Herbstsonate	85
Sturm über der Hallig	107

Eine wei(s)se Entscheidung　　　　　　115

Der Tote im Leuchtturm　　　　　　　121

Schwarzer Frühling　　　　　　　　　139

Heikos Angst oder Der Kapuzenmann　　145

***

Gedichte:

Der innere Feind　　　　　　　　　　153

Mein Gewissen　　　　　　　　　　　155

Wolf im Schafspelz oder Mein Mann, der Serienmörder

»Stefan, wenn du noch lange so herumtrödelst, schaffen wir es nie. Wir werden erwartet. Mareike hat mich so dringend darum gebeten, dass wir anwesend sind, um sie bei der Brautkleid-Auswahl zu beraten. Willst du sie wirklich enttäuschen?« Evelyn Hellbach schlang sich missmutig einen großen Schal um ihre Schultern, warf einen letzten Blick in den Spiegel, leckte sich mit der Zunge noch schnell etwas Lippenstift von den Zähnen und ging dann nach nebenan ins Arbeitszimmer ihres Mannes. Dort stand auch sein PC, den sie aber beide benutzten. Nach fast 25 Jahren Ehe hatte man keine Geheimnisse mehr voreinander. Und soweit sie es sich einbildete, hatte es auch nie welche gegeben. Gerade schloss ihr Mann das Display des Laptops und lächelte sie entschuldigend und zärtlich, wie um Abbitte zu leisten, an.

»Du hast wie immer recht, mein Goldlöckchen.«, säuselte er. »Aber schau, ich hatte heute einen wunderbaren Glückstag. Mir ist es gelungen, auf einer Auktion eine Serie der besonderen Kookaburramünzen zu ersteigern. Zu einem Schnäppchenpreis!«

Seine Augen leuchteten dabei, wie die eines kleinen Jungen, der eine riesige Eistüte bekommen hatte. Evelyn seufzte. Sie hatte ja durchaus Verständnis für ihren fleißigen Ehemann, aber manchmal hatten andere Dinge eben Priorität.

»Nun mach aber mal, Liebling. Viel Zeit haben wir nämlich wirklich nicht mehr. In zwanzig Minuten müssen wir in dem Laden sein.«

»Ach, das ist kein Problem. Ich halte direkt davor. So schaffen wir es locker.«

Bei diesen Worten war er auf sie zugegangen und umarmte sie liebevoll. Als er sie küssen wollte, schob sie ihn sanft aber bestimmt von sich weg.

»Jetzt reicht`s aber, Stefan. Husch, husch ins Schlafzimmer mit dir. Heb´ dir deine Endorphine für später auf. Wir müssen ...!« Dabei klopfte sie mit ihrem Zeigefinger auf ihre goldene Armbanduhr, die er ihr vor fünf Jahren zum Geburtstag geschenkt hatte. Für einen winzigen Moment verdunkelten sich seine Augen, aber wie es schien, war ihre Beharrlichkeit endlich bei ihm angekommen. Er lief im Eiltempo zum Schlafzimmer und zog sich rasch um. Da Evelyn eine ordentliche Hausfrau war, brauchte er nicht lange zu suchen. Alles war an seinem Platz, wie es sich gehörte.

Und nach Farben sortiert, wie er es gernhatte. Ja, seine Frau war eine richtige Perle. Nicht eine von diesen Schlampen, die es noch nicht mal in die Reihe bekamen, ein Mittagessen zu kochen. Von waschen, bügeln und putzen mal ganz abgesehen.

Während er sich sein Sakko überzog, fiel sein Blick auf das Hochzeitsfoto von ihnen. Ja, sie sah immer noch genauso schön und perfekt aus, wie früher. Auch, wenn ihre blonden Locken jetzt bereits von einigen grauen Strähnen durchzogen waren.

Evelyn stand in der Zimmertüre und beobachtete ihn schmunzelnd. Sie liebte ihren Mann. Er sah nicht nur blendend aus, mit seiner schlanken Figur und seinen welligen, rotblonden Haaren. Ihr war es auch immer gut bei ihm gegangen. Sie hatten zwei wunderbare Kinder zusammen, die kurz nacheinander gekommen waren. Erst Karsten, der heute trotz seiner jungen Jahre, erfolgreich eine große Investmentfirma leitete und zwei Jahre später wurde Mareike geboren, die letzte Woche ihren fünfundzwanzigsten gefeiert hatte.

Schließlich schafften sie es trotz allem pünktlich zu ihrer Verabredung mit Mareike, die sichtlich aufatmete, als sie ihre Eltern durch die Schaufensterscheiben des Brautladens erspähte. Jetzt konnte das Anprobieren endlich losgehen!

Beim Frühstück am nächsten Tag, bat Evelyn ihren Mann um ein Aspirin. Sie hatten nach der anstrengenden Begutachtung aller möglicher Brautkleider und Accessoires noch zusammen gegessen und zuhause den Abend dann bei einem Glas Rotwein ausklingen lassen. Es waren wohl doch einige mehr gewesen, als sie vertrug. Jetzt hatte sie furchtbare Kopfschmerzen. Außerdem war sie heute erst sehr spät wach geworden. Stefan war schon unterwegs gewesen. Wieder auf der Jagd, wie er es nannte. Ein bekannter Münzhändler hatte ihn wohl angerufen und er war gleich zu ihm gefahren, um sich die Chance, ein Schnäppchen machen zu können, nicht entgehen zu lassen.

Er brachte ihr das Aspirin und legte noch eine kleine silberne Schachtel auf den Tisch.

Neugierig nahm sie statt des Aspirins zunächst sein kleines Geschenk in die Hand. Sie öffnete sie und zwei kleine goldene Ohrringe in Form eines Fisches, mit winzigen Diamanten glitzerten ihr im Licht der Morgensonne entgegen.

»Oh, Stefan...« Ihre Augen leuchteten, als sie die kleinen Schmuckstücke sah. Mehr aber alles andere rührte sie die Geste. Ihr Mann hatte sie immer schon mit kleinen Überraschungen erfreut. Sie wusste gar nicht, was sie sagen sollte und schaute ihn nur liebevoll an.

»Komm, leg sie an, Goldlöckchen«, schmunzelte Stefan. Er seinerseits war gerührt von ihrer Bescheidenheit und das sie auch nach all den Jahren, es immer noch zu schätzen wusste, wenn er ihr eine kleine Aufmerksamkeit schenkte.

Während sie die Ohrringe durch ihre Ohrlöcher zog, goss er ihr Wasser aus der Karaffe, die auf dem Tisch stand in ihr Glas und ließ die Tablette dort hineinfallen. Sie löste sich rasch auf, so dass Evelyn, nachdem sie sich ausgiebig mit vielen Küsschen bei Stefan bedankt hatte, die erlösende Flüssigkeit sofort trinken konnte.

»Ich muss gleich nochmal weg, meine Liebste. Es kann dauern, bis ich wieder zurück bin. Vielleicht komme ich auch erst morgen früh zurück. Schlimm?« Stefan fand es zwar bedauerlich, dass er Evelyn allein lassen musste, aber mitnehmen konnte er sie auf gar keinen Fall.

Außerdem war sie es gewohnt, dass er bei langen Fahrten auch schon mal in einem Motel übernachtete.

»Nein, gar nicht. Lass nur die Finger von den jungen Damen, die dir dauernd wie kleine Hunde hinterherlaufen.«

Evelyn grinste dabei spitzbübisch. Sie wusste genau, dass sie ihrem Mann blind vertrauen konnte. Diese kleinen Frotzeleien waren das Salz in der Suppe ihrer Ehe.

Und wie fast jedes Mal lächelte Stefan und sang den Anfang eines alten Songs von Hildegard Knef: »Der alte Wolf wird langsam grau...«

Bevor er fuhr, nahm er sie noch einmal zärtlich und behutsam in die Arme, aus Rücksicht auf ihre Kopfschmerzen.

»Ich werde sehen, dass ich ganz schnell wieder bei dir bin, meine Liebste. Ruh dich einfach aus und leg dich gleich wieder hin.«

Seufzend nickte sie leicht mit ihrem Kopf und strich ihm über die Haare.

»Lass dir ruhig Zeit. Mit mir ist heute eh nichts anzufangen. Du hast recht, ich werde mich nachher wieder hinlegen, mein Schatz. Fahr vorsichtig, hörst du? Und jetzt ab mit dir...« Sie lächelte zu ihm hinauf und drückte ihn gleichzeitig leicht von sich weg. Das war das Signal für Stefan. Jetzt konnte er beruhigt fahren. Evelyn fühlte sich nach zu viel Alkoholgenuss immer sehr schlecht am nächsten Tag. Meist verbrachte sie danach fast den ganzen Tag im Bett. Dass er immer wieder ihr Glas nachgefüllt hatte, ohne dass es ihr aufgefallen wäre, dass er beim Anstoßen immer nur winzige Schlucke zu sich nahm, hatte er genau geplant.

Während er den Wagen anließ, war Evelyn schon auf dem Weg ins Schlafzimmer...

Noch hatte er keine Ahnung, wer sein nächstes Opfer sein würde. Es war meist der Zufall, der ihm dabei zur Hilfe gekommen war. Er fuhr heute zu einem befreundeten Münzhändler nach Hamburg. Zumindest in der Beziehung hatte er nicht gelogen. Geschäfte gingen immer vor. Aber dann - und darauf freute er sich schon sehr - kam das Vergnügen. Nachdem er seine Geschäfte erledigt hatte, die für ihn hervorragend gelaufen waren, beschloss er, ein gutes Restaurant aufzusuchen und erst einmal etwas zu essen. Dann fuhr er in ein etwas abgelegenes Viertel und suchte nach einem Hotel. Es musste erst dunkel werden, bevor er die Welt wieder einmal von einem verkommenen Subjekt befreien konnte. Und nicht zum ersten Mal bedauerte er es, dass man in diesem und fast jedem anderen Land an Gesetze gebunden war. Wenn es nach ihm gegangen wäre, hätte die Selbstjustiz schon lange Einzug gehalten. So musste er seine Aufgabe im Verborgenen ausführen.

Als er fast zwei Stunden fest geschlafen hatte, wachte er durch das summen des Weckers auf, den er auf 18 Uhr gestellt hatte.

Endlich... endlich war es soweit! Tiefe Dämmerung war bereits hereingebrochen. Wie schön, dass die Uhren gerade erst auf Winterzeit umgestellt worden sind, stellte er vergnügt fest. Das Schicksal spielte ihm geradezu in die Hände.

Hellbach brauchte nicht lange, um alle Spuren im Hotelzimmer zu beseitigen. Viel gab es da nicht. Er hatte sich wie immer, auf seine eigene Decke gelegt, die er immer mit sich führte. Ansonsten hatte er nichts angerührt. Durch die Handschuhe, die er beim Eintreten und Hinausgehen getragen hatte, war er sich sicher, keine Fingerabdrücke hinterlassen zu haben. Er wechselte noch rasch seine Nummernschilder gegen andere Kennzeichen aus und fuhr in Richtung Bahnhof. Irgendwo standen immer abgewrackte junge Dinger herum, die ihren Drogenkonsum irgendwie bezahlen mussten. Auf die hatte er es abgesehen. Die Reeperbahn wäre ihm viel zu riskant gewesen. Da passte jeder auf jeden auf.

Er musste nicht lange suchen. Unter einer alten Laterne, die kein Licht mehr abgab, stand sie. Ein minderwertiges Subjekt, die genau wie alle anderen, die er schon vorher beseitigt hatte, mit einem süffisanten Lächeln und frivolem Hüftschwung zu ihm ans Auto gestöckelt kam.

»Na Süßer, was kann ich für dich tun? Willst du einen Quickie oder soll ich dir...?« Bevor sie Weiterreden konnte, unterbrach er ihre Do-it-yourself-Werbesprüche und hielt ihr einen Hunderter vor die Nase. Das reichte. Bereitwillig stieg sie zu ihm ins Auto. Sie schnappte nach dem Geld, aber Hellbach hatte seine Hand schon wieder zurückgezogen und den Schein in seine Jackentasche gesteckt. »Den bekommst du, wenn wir fertig sind.«

Misstrauisch sah sie ihn an. Sie hatte schon viele Kunden gehabt, die erst mit großen Scheinen gelockt und sie nach ihrer Dienstleistung einfach aus dem Auto geworfen hatten. Er spürte, dass sie darüber nachdachte, wieder auszusteigen und ließ schnell den Wagen an. Dabei grinste er sie charmant an - was ihm sehr zuwider war, aber eine notwendige Maßnahme, damit sie ihm weiter vertraute. Es funktionierte. Sie lehnte sich einigermaßen entspannt in die Sitzpolster zurück und überließ ihm alles weitere. So war sie es gewohnt.

Sie hatte ihm nur noch eine kurze Wegbeschreibung zu einem ruhigen Örtchen gegeben, wo sie es dann »treiben« konnten, ohne beobachtet zu werden.

Hellbach wollte es sich ansehen und dann entscheiden, ob dieser Platz geeignet wäre. Und das war er. Beinahe zu perfekt. Eine alte, nicht mehr betriebene Tankstelle vor einem kleinen Waldstück. Ziemlich dunkel. Das Beste daran - sie waren ganz allein. Kein anderes Auto parkte dort und auch keine Junkies waren weit und breit zu sehen. „Na, dann wollen wir mal", meinte sie und fing an, seine Hose zu öffnen. Bevor sie aber loslegen konnte, mit ihrer besonderen Art ihn zu verwöhnen, wie sie sich ausgedrückt hatte, und er es kaum für möglich gehalten hatte, dass bei diesem Abschaum solche Sätze möglich waren, hatte er ihr schon eine Schlinge um den Hals gelegt und zog sie erbarmungslos zu. Er wollte es diesmal schnell hinter sich bringen. Manchmal gefiel es ihm, die Schlinge zwischendurch zu lockern, damit sie wieder Luft bekamen und sich der trügerischen Hoffnung hingaben, es vielleicht doch zu überleben. Dass das alles nur zu einer Art Spiel eines perversen Kunden gehörte. Bis er ihnen unmissverständlich klargemacht hatte, dass er es todernst meinte! Auch sein jetziges Opfer wehrte sich mit aller Macht gegen das, was er mit ihr tat. Versuchte verzweifelt mit den Händen, die Schlinge zu lockern. Dann ihn mit ihren Fingernägeln zu kratzen. Beides misslang ihr natürlich. Er hatte kein Problem damit, sie abzuwehren. Und nach kurzer Zeit - er zählte in Gedanken die Sekunden - ließen ihre Bemühungen auch schon nach. Nach 43 Sekunden war alles vorbei. Er schloss den Reißverschluss seiner Hose wieder und stieg aus, um sie auf der anderen Seite aus dem Auto zu ziehen. Hinter der Tankstelle legte er sie ab. Da er sich nicht durch seine DNA, die er hinterlassen würde, wenn er sie bespuckte, verraten würde, unterließ er es.

Aber ein grollendes, brummiges *Miststück* konnte er sich nicht verkneifen. Sehr zufrieden mit sich, stieg er wieder in seinen Wagen und fuhr los. Als er den Platz verlassen hatte, kam ihm bereits ein anderes Auto entgegen, welches auch zu der Tankstelle wollte. Denn er sah im Rückspiegel, dass sie links abgebogen waren.

Vielleicht würden sie das Mädchen sofort finden. Vielleicht auch nicht. Ihm war es egal. Falls jemand seine Autonummer aufgeschrieben hätte, würde sie demjenigen nichts nützen. Ein paar Meter weiter gab es einen Garagenhof. Das hatte er sich beim Vorbeifahren gemerkt. Er fuhr hinauf, konnte keine Menschenseele entdecken, Häuser mit Fenstern gab es auch nicht und somit waren die Kennzeichen schnell wieder gewechselt. Jetzt freute er sich auf zuhause und begann ein Lied aus der Operette »Der Vogelhändler« zu pfeifen.

Indes war es Evelyn langweilig im Bett geworden. Ihr ging es schon viel besser als am Morgen und sie stand auf, um sich ein paar Spiegeleier zu braten. Als sie dann am Tisch saß, um sie mit viel Appetit zu verspeisen, piepte ihr Handy. Bei SMSen war nur ein Piep Ton zu hören, während bei einem Anruf das Lied »Es rappelt im Karton...« zu hören war. Es war ihre Tochter, wie sie mit einem Blick auf das Display sehen konnte. »Hi Mom, könntest du mir aus der Garage etwas holen, was ich mal dort deponiert habe, als ich noch ... ähem ... etwas jünger war? Es ist der rosa Prinzessinnenkarton. Ja, nenn` mich ruhig sentimental. Aber zur Hochzeit gehört etwas Blaues und ich habe doch von euch mal einen schönen Anhänger für meine silberne Kette zum Abschlussball bekommen. Dieses blaue Herz. Du erinnerst dich? Aus dem Film Titanic. Ihr habt mir damals eine große Freude damit gemacht. Ich fand es irgendwann kitschig und unmodern. Aber bei diesem wichtigen Anlass, meiner eigenen Hochzeit, möchte ich es gerne tragen. Tust du mir den Gefallen? Ich habe hier so viel zu tun, dass ich die nächsten Tage nicht zu euch kommen kann. Bringst du es mir? Kisses, deine Mareike. PS: Komm mir nicht mit Strumpfband oder so einem Quatsch."

Evelyn musste schmunzeln und schob sich eine Gabel von dem Spiegelei in den Mund. Das war typisch für Mareike. Sie lud sich prinzipiell zu viel auf.

Aber gut, sie wollte ihr den Gefallen tun. Das Herz passte hervorragend zu Mareikes blauen Augen und ein Herz war ja DAS Symbol für die Liebe. Sie würde sich gleich auf die Suche machen. Aber erstmal aufessen. Sie hatte die Angewohnheit, während des Essens manchmal die Nachrichten zu schauen. In der Küche hing ein kleiner LCD-Fernseher, der für diesen Zweck ausreichte. Plötzlich ließ sie ihr Besteck fallen und verschluckte sich beinahe an ihrem Ei, als sie ein Foto von einer jungen Frau auf dem Bildschirm sah. Aber nicht die Frau selbst hatte sie geschockt, sondern was sie an ihren Ohren trug. Es waren die gleichen Ohrringe, die Stefan ihr geschenkt hatte. Evelyn hätte nie gedacht, dass ihre Ohrringe vielleicht Allerweltsware war, ja ganz normaler Modeschmuck, wie ihn sich jede Frau nebenbei für ein paar Euro in einem dieser Billig-Modeschmuckläden kaufen konnte. Der Nachrichtensprecher war gerade dabei, die Bevölkerung aufzurufen, mitzuhelfen, diese Frau zu identifizieren. Sie war erdrosselt in einem See gefunden worden und über ihre Person war absolut nichts bekannt. Man sollte sich, wie in solchen Fällen üblich an jede Polizeidienststelle wenden oder eine bestimmte Nummer anrufen, die gerade eingeblendet wurde. Evelyn schauderte. Sie griff sich automatisch an ihre Ohren. Aber die Ohrringe hatte sie natürlich abgelegt, als sie sich schlafen gelegt hatte. Das wollte sie jetzt aber genau wissen! Sie ließ ihre

Eier stehen und lief hastig die Treppen hinauf ins Schlafzimmer. Ihre Aufregung übertrug sich auf den Handlauf des Treppengeländers. Es zitterte leicht, wenn sie es berührte. Auf dem Nachttisch lagen ihre neuen Ohrringe. Genauso, wie sie sie dort hingelegt hatte. Evelyn nahm sie in ihre Hände, hielt einen von ihnen hoch und versuchte zu entziffern, ob sie den Stempel eines Goldschmiedes entdecken konnte. Trotz des schon etwas schwächeren Tageslichts im Raum, hatte sie kein Problem damit, die Ziffern 585 zu erkennen. Sie atmete auf. Also war sie ihm immer noch genauso viel wert, wie früher. Es hätte sie auch sehr gewundert, wenn es anderes gewesen wäre. Von dieser Tatsache beruhigt, legte sie die Ohrringe wieder an. Sie trat vor den Spiegel und bewunderte sich damit. Ja, sie standen ihr ausgezeichnet. Stefan hatte einen guten Geschmack. Dabei fiel ihr die junge Frau wieder ein, deren Foto sie im Fernsehen gesehen hatten. Und sofort tat sie ihr leid. Welcher Mann tat so etwas? Der Sprecher hatte noch gemeint, dass aufgrund der Merkmale, die man an der Leiche gefunden hätte, die Polizei es jetzt nicht mehr ausschließen könne, dass man es vermutlich mit einem Serienmörder zu tun habe. Drei andere Frauen, deren Leichen man gefunden hatte, wiesen die gleichen Spuren auf. Frauen sollten es nach Möglichkeit vermeiden, abends alleine durch Parks zu laufen oder zu joggen. Die Gefahr bestand bei ihr nicht. Sie joggte nicht. Und spazieren ging sie nur mit Stefan oder mit ihren Kindern, wenn sie mal Lust hatten. Aber trotzdem machte sich ein mulmiges Gefühl in ihr breit. Sie verschlang beim weiteren Nachdenken darüber, wie und aus welch niederen Motiven manche Menschen sterben mussten, ihre Finger immer wieder ineinander. Der Ehering störte dabei ein wenig. Er hatte einen kleinen Diamanten, der erhöht in einer Fassung auf dem Goldreif saß. Es tat ihr weh. Sie scheuchte ihre Gedanken schnell in eine andere Richtung.

Was wollte sie vorhin noch? Ach ja, Mareikes Karton... Aber jetzt musste sie den Schlüssel für die Garage erst einmal suchen. Da sie selten dort zu tun hatte, eigentlich nie, wusste sie nicht genau, welcher es war. Sie ging in Stefans Arbeitszimmer, wo in einer kleinen Schachtel alle Zweitschlüssel aufbewahrt wurden. Ihre Augen wanderten ratlos von einem zum anderen Schlüssel. Schließlich zuckte sie mit den Schultern und nahm die ganze Schachtel mit. An der Garage, die man nur von außen betreten konnte, blieb sie stehen und probierte einen nach dem anderen aus. Der vierte Schlüssel passte schließlich. Evelyn schaltete das Licht ein und begab sich zu den Regalen am hinteren Ende. Auf Anhieb konnte sie den rosa Karton nicht sehen. Sie verschob ein paar Kartons, die vorne im Regal standen, um dahinter nachsehen zu können. Nichts. Dann bückte sie sich, um in der schmalen Kommode nachzusehen, die sie nur mit Mühe dort hatten hineinstellen können, denn das Auto musste ja auch noch hineinpassen.

Werkzeug, Klebebänder, ein kleiner Karton mit Schrauben und Muttern... Sie schob sie zur Seite. Wieder nichts. Unten waren noch zwei Schubladen, dicht nebeneinander. Da konnte Mareikes Karton unmöglich sein, grinste sie innerlich, war aber neugierig, was Stefan dort verstaut hatte. Alte Kommoden waren doch immer ein wenig geheimnisvoll. Was würde sie dort finden, wenn sie hineinschaute. Sie zog die erste Schublade auf. Gebrauchsanweisung für den Rasenmäher, Quittungen für Blumendünger und 30 Stiefmütterchen. Eine Spinne huschte verschreckt von einer in die andere Ecke. Schnell schloss Evelyn die Lade wieder. Igitt, Spinnen! Das war ja gar nichts für sie. Bloß schnell wieder weg hier. Sie schüttelte sich vor Ekel, wollte aber auch noch kurz in die andere Schublade schauen. Mit spitzen Fingern zog sie an dem

Knauf. Darauf vorbereitet, dass ihr gleich wieder eine Spinne erscheint. Oder gar eine ganze Familie. Aber nein. Sie konnte sich entspannen.

Ein länglicher, mit dunkelblauem Samt bespannter Karton lag vor ihr. Ähnlich wie ihr Besteckkasten. Nicht zu hoch und genau in die Einlage der Schublade passend. Darauf zwei dünne Bücher. Die waren noch von Karsten. *Spaß mit dem Mofa* und *Schrauben für Dummies*. Sie schmunzelte wieder. Wie lange war das her? Jetzt fuhr er einen BMW. Über Mofas konnte er nur noch verächtlich die Nase rümpfen. Dabei hatte sie ihm eine Zeitlang gute Dienste erwiesen, als er noch 10 km von hier zu seiner Freundin fahren musste, um sie zu sehen. Besser als laufen, meinte er immer, wenn Evelyn ihn heute damit aufzog. Darauf lagen jede Menge Gummiringe, die sie früher zum Einmachen von Konserven gebraucht hatte und ein paar rostige Nägel. Sie hatte sie keine Lust, die Dinge alle zu entfernen, um in den Karton schauen zu können. Aber an einer Ecke fiel ihr etwas ins Auge, was sie auf den ersten Blick gar nicht gesehen hatte. Weiße Spitze. Hatte Karsten hier womöglich auch alte Jugendsünden deponiert? Würde ja naheliegen, wenn schon seine alten Bücher hier lagen. Das war für sie aber kaum vorstellbar. Karsten war kein Romantiker und das Wort Sentimentalität konnte man getrost aus seinem Wortschatz streichen.

Also seufzte sie auf, weil ihre Neugier geweckt war und sie sich nicht dagegen wehren konnte. Sie war halt eine Frau. Womöglich sind andere Frauen ja nicht so, maßregelte sie sich selbst. Aber ich schon. Und ich möchte jetzt wissen, was da drin ist. Sie hob die Bücher samt Gummiringen und Nägeln hoch, was ihr so gut gelang, dass nichts herunterfiel. Toll gemacht, Evelyn, lobte sie sich selbst. Normalerweise ließ sie immer mal etwas fallen, was vorher nicht ihre Absicht gewesen war. Diesmal hatte sie es geschickt angestellt. So, und jetzt wollen wir doch mal sehen... Vor Aufregung hatte sie ihre Lippen fest zusammengepresst, aber so viel Platz dazwischen gelassen, dass die Spitze ihrer Zunge herausschaute. Voller Spannung fasste sie die Kanten rechts und links gleichzeitig und hob den Deckel ab ...

Einen Moment schaut sie sprachlos und mit immer größer werdenden Augen auf das, was sie sah. Sie ließ den Deckel los, wie von der Tarantel gestochen und sprang einen Schritt nach hinten. Als sie sich langsam wieder gefasst hatte, ging sie in die Knie und zog den Karton aus der Schublade heraus. Sie legte ihn auf die Kommode und hob erneut den Deckel. Unglaublich dieses makabre Sammelsurium. Das war nicht Karstens Werk. Sie ahnte etwas, aber wollte diesen schrecklichen Gedanken nicht zulassen. Die weiße Spitze gehörte zu einem kleinen BH, sie schätzte Größe 75 A. Es war der Träger, der hinaus gelugt hatte. Dann hielt sie sich die Hand vor den Mund, als sie ein Pornoheft sah. An sich nichts Ungewöhnliches. Auch, dass Männer es oft gerne versteckten. Aber das hier war etwas Anderes. Jemand hatte mit einem Messer oder einer Schere bei allen Frauen, die sie auf der ersten Seite sah, die Augen und die Geschlechtsteile herausgestochen oder geschnitten. Es sah auf jeden Fall zerfetzt aus. Hastig blätterte sie angewidert weiter. Auch auf den nächsten Seiten starrten sie Frauen aus leeren Augenhöhlen an. Auf manchen Seiten stand quer mit rotem Edding geschrieben: HURE! Und was war das? Führerscheine, Personalausweise ... Zunächst unschlüssig, was sie jetzt machen sollte, griff sie einfach irgendeinen und hob ihn hoch. Das konnte kein Zufall sein! Ausgerechnet das Passfoto, welches sie jetzt voller Entsetzen betrachtete, zeigte die junge

Frau, die sie vorhin noch auf dem Bildschirm im TV gesehen hatte.

Ihr Name war Natasha Brinkmann und sie war eine geborene Alianovna Romanow. Ihr Ausweis war neu, denn das Ausstellungsdatum war vor zwei Wochen gewesen. Vermutlich hatte sie erst vor kurzem geheiratet. Das erklärte dieses aktuelle Foto auf ihrem Pass - das mit den besonderen Ohrringen ... Evelyn war so geschockt, dass sie nicht mehr sehen wollte, was noch alles in dieser Schachtel zu finden war. Sie ignorierte den roten Slip und die Haarspangen, die sie gerade noch wahrgenommen hatte, legte den Ausweis von Natasha wieder hinein und setzte den Deckel wieder drauf. Auch die Bücher, Gummiringe und Nägel versuchte sie genauso wieder anzuordnen, wie sie vorher gelegen hatten.

Um den Karton von Mareike konnte sie sich jetzt nicht mehr kümmern. Das musste warten. Erst einmal brauchte sie Zeit, um mit dem eben erlebten fertig zu werden.

Da sie Karsten so etwas nicht zutraute, blieb nur noch ihr Ehemann. Aber jetzt mal ehrlich, Evelyn, fragte sie sich innerlich, während sie wie gehetzt wieder zurück ins Haus lief und sich aus der Hausbar einen guten Cognac aussuchte. Traust du Stefan so etwas zu? Sie wählte ein kleineres Glas und nicht den großen Cognac-Schwenker, aus dem Stefan und sie für gewöhnlich tranken. Genießerisch und mit viel Zeit. Jetzt konnte es ihr nicht schnell genug gehen. Hastig goß sie sich ein und kippte ihn dann schnell hinunter. Wartete darauf, dass sich das wohlige Gefühl einstellte, wenn der Cognac langsam durch die Speiseröhre gelaufen war und dann ihren Magen erreichte. Noch einen, Evelyn... auf einem Bein kann man nicht stehen. Sie schenkte sich noch einmal nach. Hielt das Getränk einen Moment im Mund fest und schluckte es dann hinunter.

Den dritten nahm sie mit an den Küchentisch, an den sie sich setzte, um in Ruhe über alles nachzudenken. Wie sollte sie in Himmelswillen damit umgehen? Mit ihrem Fund ... mit den Ohrringen ... mit der Tatsache, dass ihr Mann vermutlich ein Serienmörder wäre!

Da sie keine Antworten auf ihre zahlreichen Fragen fand, die sich durch ihr Gehirn wanden, u.a. nebenbei auch die, ob sie selbst womöglich auch früher oder später eines seiner Opfer werden würde, beschloss sie eine Schlaftablette zu nehmen und sich wieder ins Bett zu legen.

Sie ging ins Bad, putzte sich die Zähne, wusch sich halbherzig und griff dann zu den Tabletten, die wie üblich im Apothekenschrank gegenüber dem großen Spiegel lagen. Sie nahm eine heraus. Als sie diese dann mit einem Glas Wasser heruntergespült hatte, sah sie noch einmal in den Spiegel. Sie wusste nicht warum. Eine dumme Angewohnheit. Ein letzter prüfender Blick. Wie jeden Abend. Da nahm sie im Spiegel hinter sich ein wohlbekanntes Gesicht wahr! Sein Gesicht war zu einer wütenden Fratze verzogen. Er griff in ihre langen goldblonden Locken und stieß sie mit dem Gesicht hart gegen den Spiegel. Erst sah sie vor lauter Blut gar nichts mehr. Dann als sich der rote Schleier über ihren Augen wieder anfing zu teilen und sie voller Angst über ihren Kopf hinweg nach seinen Händen griff, um sich von ihm zu befreien, legte er diese um ihren Hals und drückte zu. Er zischte in ihr Ohr: »Du musstest ja unbedingt herumschnüffeln.« Dann wurde ihr schwarz vor Augen. Für einen kleinen Moment dachte sie, dass jetzt wohl der Moment gekommen war, sich im Geiste von ihren Kindern zu verabschieden und alles zu bereuen, was sie jemals als Sünde angesehen hatte.

Doch auf einmal war sie wieder total klar. Sie bekam genügend Luft und das Blut, welches ihr gerade noch über das ganze Gesicht gelaufen war, gab es nicht mehr. Evelyns Nerven hatten ihr einen Streich gespielt. Innerlich schaudernd und froh darüber, dass sie sich diese grässliche Szene gerade nur eingebildet hatte, löschte sie das Licht und ging hinüber ins Schlafzimmer. Die Schranktüre stand offen. Sie musste Stefan unbedingt daran erinnern, dass er sich die Türe einmal ansah. Wenn sie nicht abschloss, verselbstständigte sie sich und öffnete sich einfach von allein.

Mit den Nerven am Ende schloss sie die Türe und wollte gerade den stummen Diener, den Stefan benutzte, um seine Kleidung abends dort abzulegen, davorstellen, als ihr Herz einen Satz machte. In der Ecke auf dem alten Lehnstuhl, der noch von Stefans Vater war und von dem er sich nicht trennen mochte, saß ihr Mann.

Ihre Alarmglocken schrillten. Sie durfte sich nichts anmerken lassen. Morgen könnte sie dann das Haus normal verlassen, um sich in Sicherheit zu bringen. Sie ärgerte sich, dass sie gerade die Schlaftablette genommen hatte. Ansonsten hätte sie gewartet, bis Stefan eingeschlafen wäre und sich dann den Wagen geschnappt, um damit zu ihrer Freundin zu fahren, die nur ein paar Straßen weiter wohnte.

Daher versuchte sie gelassen auf ihn zu reagieren, als ob es das Selbstverständlichste der Welt war, dass er dort saß und nicht, wie vermutet in einem Hotel übernachtete.

Sie ging auf ihn zu, umarmte ihn und spielte ihm grenzenlose Freude über seine unerwartete Ankunft vor.

»Stefan, mein Schatz ... diese Überraschung ist dir aber gelungen. Wie schön, dass du doch heute noch kommen konntest.« Sie küsste ihn überschwänglich, setzte sich auf seinen Schoss und schaute ihm lächelnd in die Augen. Abwartend. Ihre Angst überspielend, was sie unendlich viel Kraft kostete.

Er küsste sie zärtlich auf den Mund, schob sie dann aber sanft von seinem Schoss und ging zur Schranktüre, die Evelyn gerade mit dem stummen Diener verschlossen hatte.

»Ich glaube, meine Schönheit, um diese Türe werde ich mich morgen gleich kümmern. Ich werde sie mit in die Garage nehmen und sie neu anpassen. So kann das ja nicht weitergehen. Hätte ich längst machen sollen. Ja, du meinst, mir wäre das nicht aufgefallen ...« Er lachte kurz auf, als wenn er sie bei einem Schelmenstreich erwischt hätte und redete dann weiter in diesem Plauderton, der nichts über seinen wirklichen Gefühlszustand verriet. Evelyn hörte nicht zu. Seine Worte rauschten an ihr vorbei.

Sie war schon bei dem Wort Garage innerlich zusammengezuckt. Er weiß es, dachte sie. Er hat mich durchschaut. Spielt Katz und Maus mit mir. Meine Vision vor dem Spiegel wird gleich wahr werden. Sie konnte nicht verhindern, dass sie von diesen Gedanken gepeinigt, leise aufstöhnte und sich von ihm wegdrehte. Sie ließ sich einfach auf den Stuhl fallen, auf dem Stefan zuvor gesessen hatte und schlug die Hände vors Gesicht.

»Aber Liebling, kein Grund zu weinen«, sagte Stefan, der sich ihr jetzt wieder zugewandt hatte. Er ging in die Knie und umarmte sie vorsichtig.

»Du zitterst ja, Evchen.« Diesen Kosenamen hatte er schon lange nicht mehr benutzt. Sollte sie das nicht stutzig machen? Er nannte sie Liebling, mein Engel, mein Goldlöckchen, meine Schönheit, mein Schatz ... aber Evchen hatte sie schon seit Jahren nicht mehr von ihm gehört. Sie fragte sich jetzt trotz ihrer Angst, warum nicht? Und warum ausgerechnet jetzt?

Was hatte das zu bedeuten? Ihr war danach, ihm ins Gesicht zu spucken und ihn weit von sich zu stoßen, aber was tat sie stattdessen? Sie ließ sich seine Umarmung nicht nur gefallen, sondern erwiderte sie auch. Die Angst ließ sie nicht rational handeln. Sie dachte nur daran, diese Nacht zu überleben.

Stefan drückte Evelyn noch einmal an sich und nahm dann ihre Arme, um ihr aus dem Stuhl zu helfen. So, als würde er befürchten, dass sie es nicht alleine schaffen könnte.

»Komm, meine Liebe ... leg dich schon ins Bett. Wir müssen reden. Ich gehe nur noch einmal kurz ins Bad.«

Wie betäubt folgte sie ihm. Ihre Hand in seiner Hand. Vertraut. Sie in Sicherheit wiegend ...

Seit er das Kommando übernommen hatte, konnte sie kein Wort mehr sagen. Ihr Hals war wie zugeschnürt. Es erschien ihr unmöglich, überhaupt jemals wieder mit Stefan kommunizieren zu können. Sie warf sich regelrecht aufs Bett und drückte ihr Gesicht sofort fest in ihr Kopfkissen, um ein weiteres Stöhnen zu unterdrücken. So blieb sie sekundenlang liegen. Als sie dachte, wieder normal atmen zu können, stellte sie fest, dass ihr Mann das Zimmer schon verlassen hatte. Sie hörte ihn im Badezimmer gurgeln. Gleich würde er wieder bei ihr sein. Mittlerweile wirkte die Tablette. Evelyn spürte, wie die Müdigkeit sie überwältigen wollte. Sie bezwang sie und kämpfte mit aller Macht dagegen an. Auf gar keinen Fall durfte sie jetzt einschlafen! Sie musste sofort hier weg. Jetzt wäre doch eine gute Gelegenheit. Warum war ihr der Gedanke nicht schon eher gekommen? Ihr Mann im Bad hätte nichts mitbekommen. Jetzt war es zu spät. Bis sie aus dem Bett aufgestanden und sich wieder angekleidet hatte, wäre er längst fertig.

Als hätte Stefan geahnt, was gerade in ihr vorging, erschien er wie aufs Stichwort wieder im Schlafzimmer. Er hatte seinen neuen Pyjama an, den sie ihm vor zwei Wochen gekauft hatte und löschte das Deckenlicht.

Was kommt jetzt? Was wird er mit mir tun? Mein Gott, wenn ich mich doch bloß verteidigen könnte...! Warum habe ich nicht ein Messer mit nach oben genommen? Früher hatte ich immer einen Revolver in meiner Schublade. Warum liegt er jetzt eingeschlossen im Safe unten? Da nützt er mir jetzt überhaupt nichts ... Wieder überschlugen sich ihre Gedanken. Ich muss ihn ablenken. Ihm beweisen, dass ich trotz seiner Gräueltaten zu ihm stehen werde. Ob ich ihn überzeugen kann? Aber wie soll ich anfangen ...?

Als ob Stefan Gedanken lesen könnte, machte er jetzt keinen Hehl mehr daraus, dass er wusste, was seine Frau herausgefunden hatte. Er lag auf seinen Unterarm gestützt in seinem Teil der Doppelbetthälfte, nur wenige Zentimeter von ihrem Körper entfernt und fing an zu reden. Nicht weit genug weg für Evelyn.

Sie hatte sich, soweit es ging, zurückgezogen, so dass sie nur noch auf ihrer äußeren Bettkante lag.

Bleib ruhig, zwang sie sich innerlich zur Ruhe. Du musst das hier überstehen, dann wird alles gut.

»Ich weiß, dass du mein kleines Geheimnis entdeckt hast«, begann er und lächelte sie dabei milde an. »Aber wie gehen wir jetzt damit um?«

Evelyn konnte nicht anders. Sie wollte es erst nicht, aber die Worte kamen aus ihrem Mund, bevor sie etwas dagegen tun konnte. Zu lange hatte sie sich zurückgehalten. Stefan war ein Scheusal. Ein Monster. Ein Serienmörder! Ob er dachte, sie wüsste nicht, dass sie jetzt sein nächstes Opfer sein würde. Doch sie wollte kämpfen. Verbal. Körperlich hatte sie ihm nichts entgegenzusetzen.

»Stefan, ich weiß nicht, warum du all diese Scheußlichkeiten getan hast. Aber ich bin mir sicher, dass es einen Grund dafür geben muss. Du sollst nur wissen, dass ich dich liebe. Immer geliebt habe und daran wird sich auch nie etwas ändern.«

Woher hatte sie auf einmal die Courage, ihm frech ins Gesicht zu lügen? Niemals zuvor hatte sie so etwas bewusst getan. Aber es ging schließlich um Alles oder Nichts! Er musste ihr einfach nur glauben, dann würde sie die Nacht überleben.

»Ich glaube dir ... ich glaube dir, mein Liebling ...« Lächelnd streckte er eine Hand zu ihr hinüber. Sie zögerte.

Wenn er sie einmal hatte, dann war es vorbei. Aber sie musste den Schein wahren.

Also überwand sie ihre Angst und legte ihre Hand in die seine. Die Griffweite reichte gerade aus, ohne dass sie näher an ihn heran rutschen musste.

»Und trotzdem wirst du mich jetzt zu deinem nächsten Opfer machen?« Sie presste die Worte unter großer Mühe hervor. Konnte nichts daran ändern, dass ihre Hand, die jetzt von seiner gehalten wurde, anfing zu zittern.

Stefan lachte leise auf.

»Wo denkst du hin?« Er rutschte näher an sie heran, ohne dass sie es verhindern konnte. Ihre Angst wandelte sich langsam in Panik. Wieder hatte sie das Bild vor Augen, als er ihr Gesicht in ihrer Vision in den Badezimmerspiegel geschmettert hatte.

Sah das Blut vor sich und fing jetzt am ganzen Körper an zu zittern.

»Ich würde dir nie ein Haar krümmen. Aber bedenke bitte, wenn du zur Polizei gehst, was daraus entstehen kann. Meinst du sie würden dir glauben, dass du jahrelang mit einem Mörder unter einem Dach gelebt und von allem nichts mitbekommen hast? Was meinst du, wie die Presse dir die Türe einrennt. Und was ist mit den Kindern? Sie werden sie nicht in Ruhe lassen. Genauso wenig wie dich. Sie werden euch erniedrigen und bloßstellen. Wie wollt ihr damit umgehen?«

Evelyn erschrak. Darüber hatte sie noch gar nicht nachgedacht. Über die Folgen, wenn bekannt würde, dass ihr

Mann der gesuchte Serienmörder sei. Stefan hatte vollkommen recht. Das würde ein Spießrutenlaufen geben. Sie könnte nirgendwo mehr hingehen, ohne von Kameras verfolgt zu werden. Vermutlich müsste sie umziehen, um dem zu entgehen. Und was bedeutet das erst für unsere Kinder?

»Meinst du nicht, wir könnten das alles hier einfach vergessen, mein Goldlöckchen? Es waren doch nur Schlampen und Huren! Sie hatten es nicht anders verdient.« Er meinte seine Frage ernst, denn seine Augen und seine Hand, die die ihre leicht drückten, bekräftigten seine Worte.

Als wenn er verlangt hätte, sie solle verschimmeltes Brot nicht umtauschen gehen, sondern einfach wegwerfen. Was war er nur für ein Mensch?! Unfassbar, dass sie wahrhaftig nie etwas gemerkt hatte.

Evelyn gab vor, über diese Möglichkeit nachzudenken und seufzte. Sie sollte ihm erstmal recht geben und dann darüber nachdenken, was sie als nächstes unternehmen wollte.

»Gut Stefan, ich glaube, du hast recht. Aber ...«, daraufhin folgte eine kurze Pause, in der sie ihn streng ansah.

»Das muss ab sofort aufhören. Wenn du mir versprichst, dass du nie wieder eine Frau tötest, könnte ich mir vorstellen, dass ich dir das eines Tages verzeihen kann. Im Moment bin ich, wie du gegebenenfalls nachvollziehen kannst, immens enttäuscht und verunsichert. Und zudem auch ein kleines bisschen wütend, weil du mir nicht vertraut hast.«

Damit wollte sie ihn weiter in Sicherheit wiegen. Er sollte denken, dass sie nach wie vor, wie in all den Ehejahren, immer hinter ihm stehen würde.

»So kenne ich dich, mein Engel.« Mit einem strahlenden Lächeln sah er sie an und rutschte noch näher, um sie endlich in die Arme nehmen zu können. Evelyn gab nach. Sie wollte auf keinen Fall sein Misstrauen erwecken. Wenn man schon so viele Thriller und Krimis gesehen hatte, wie die beiden es jahrelang getan hatten, ohne dass Evelyn jemals auf die Idee gekommen wäre, dass ihr geliebter Mann, diese Dinge auch in der Wirklichkeit tat, wusste man, wie man sich verhalten musste.

Oder dachte zumindest, dass es das Richtige wäre.

Sie ließ sich von ihm umarmen und küssen. Innerlich tobte ein Vulkan in ihr. Sie wollte ihn nicht an ihrer Seite. Konnte es nicht ertragen, dass er sie anfasste und küsste. Um ihn abzulenken, rutschte sie etwas nach oben und setzte sich mit dem Kopf an das gepolsterte Holz des Bettes gelehnt, welches ihr sonst zum Lesen diente.

»Sag mal, Stefan ... «, fing sie an und nahm ihre Hand jetzt aus der seinen, um ihm klar zu machen, dass sie jetzt einmal ernsthaft mit ihm über alles reden wollte.

»Warum hast du das denn überhaupt gemacht? Du bist doch ein friedliebender, empathischer Mensch. Es ist für mich unvorstellbar, dass du ... » Ihre Stimme stockte. Mochte die Worte nicht aussprechen.

Stefan verstand sie auch so. Und das sagte er ihr auch.

»Ich verstehe dich, Evchen. Lass mich versuchen, es dir zu erklären.« Er stand auf und lief langsam durchs Zimmer, bis er vor dem großen Spiegel vom Schrank angelangt war.

Prüfend betrachtete er sich, ging noch näher heran und schaute sich selbst lange in die Augen. Dann drehte er sich um und legte die Hände dabei auf den Rücken. »Was siehst du hier, meine Liebe?«, fragte er und wippte dabei auf seinen Fußspitzen.

Verständnislos sah Evelyn ihn an. »Ich sehe dich, Stefan. Was soll ich sonst noch sehen?«

Das Tier in dir hat sich ja wahrlich gut versteckt, dachte sie dabei.

»Richtig. Du siehst mich. Und nur mich. Weil ich es ihm verboten habe, in unser Schlafzimmer zu kommen. Weil ich ihm gedroht habe, ihn umzubringen, wenn er es wagen sollte, dir ein Haar zu krümmen. Und er weiß, dass ich es ernst meine.«

Er drehte sich wieder zum Spiegel und schaute noch einmal prüfend hinein.

Dann fuhr er fort, ohne dass Evelyn ein Wort von dem verstanden hatte, was er sagte.

»Nicht ich bin es, der diese Taten alle begangen hat, mein Schatz. Das musst du mir glauben. Es war Eric.«

Evelyn schüttelte verständnislos mit dem Kopf. »Eric? Willst du mich auf den Arm nehmen?«

»Sprich seinen Namen besser nicht auf. Sonst wird er neugierig und kommt doch, obwohl er es nicht darf.« Seine Stimme klang ernsthaft besorgt.

Er ging zu ihr und setzte sich auf die Bettkante. Evelyns Angst wuchs wieder. Was erzählte er ihr da für einen Mist? War ihr Mann zu all dem noch schizophren?

»Es fing alles damit an, dass ich eines Tages herausgefunden hatte, dass meine Mutter anschaffen ging. Anstatt sich um mich zu kümmern, verließ sie oft nachts unsere Wohnung und sperrte mich in mein Zimmer ein. Als ich Zwölf war, schaffte ich es, mir eine Art Dietrich zu basteln und konnte so die Türe wieder öffnen. Ich fuhr ihr dann mal mit dem Fahrrad hinterher. Als ich sie plötzlich an einer Straße stehen sah, erkannte ich sie fast nicht. Sie war aufgedonnert und stark geschminkt, so wie in einem dieser billigen Sexfilme. Da ich bei meinem Onkel schon heimlich zugeschaut hatte, wenn er sich so einen Film angesehen hat, wusste ich, worum es ging.«

Stefan machte eine kurze Pause. Evelyn fielen beinahe die Augen zu, so müde war sie. Die Tablette hatte ihre Wirkung voll entfaltet. Aber sie durfte nicht einschlafen. Außerdem war das, was Stefan erzählte, so paradox und passte überhaupt nicht zu ihrem Wissen über ihn, wie so vieles in letzter Zeit, dass sie beunruhigt und jetzt voller Anspannung auf die Fortsetzung wartete.

»Ich wurde so wütend wie noch nie in meinem Leben. Und da meldete er sich zum ersten Mal.

Eric.

Da war eine Stimme in meinem Kopf, die mir sagte: Das ist nicht deine Mutter. Das ist eine gottverdammte Hure! Eine Bordsteinschwalbe, eine Schlampe, ein Flittchen, ja nichts weiter als eine dreckige Nutte!«

Stefan atmete schwer. Seine Erinnerungen schienen ihm zu schaffen zu machen.

»Ich fuhr nach Hause und wusste nicht was ich tun sollte. Die ganze Nacht saß ich im Wohnzimmer und wartete darauf, dass sie endlich kam. In der Schule hatten sie mich schon immer damit gedemütigt, erniedrigt und beschämt. Haben mir Hurensohn hinterhergerufen. Ich hatte mich deswegen oft geprügelt und dafür etliche Strafen und Ermahnungen bekommen. Bis sie mich fast von der Schule geworfen hätten. Aber dann kam Eric in mein Leben und alles wurde gut.« Er machte wieder eine kurze Pause.

Evelyn wusste nicht, was sie dazu sagen sollte. Sie wartete ab, was Stefan ihr noch berichten würde.

Langsam redete er dann weiter.

»Eric sagte mir, dass solche Frauen kein Recht hätten zu leben. Sie dürften nicht einfach Kinder in die Welt setzen und sich dann nicht darum kümmern. Und ihn dann auch noch zu bestrafen, wo er doch nur versucht hatte, ihre Ehre zu verteidigen. Wo sie doch keine mehr hatte! Dann drängte er mich, sie umzubringen. Irgendjemand muss es tun, meinte er. Wenn ich mich nicht traute, würde er das übernehmen. Und so kam es, dass Eric in manchen Momenten meines Lebens die Macht übernahm.«

Täuschte sie sich, oder hatte Stefan Tränen in den Augen? Ob es stimmte, was er sagte? Und ob dieser Eric sich an die Vereinbarung hielt, die Stefan mit ihm ausgemacht hatte? Dass er nicht ins Schlafzimmer kam...

Und überhaupt: Was war denn mit den anderen Zimmern ihres Hauses?

Schon redete Stefan schnell weiter, so als wolle er sich unbedingt erleichtern, als wäre es schon lange überfällig und als würde er mit seinem Geständnis ihre Absolution bekommen.

Da konnte er lange warten. Evelyn war nicht gewillt, einfach über alles hinwegzusehen. Sie spielte die Rolle der besorgten, mitfühlenden Ehefrau. Aber nur solange bis ihr irgendetwas einfiel, was ihr helfen konnte, sich aus dieser Situation zu befreien.

»Als meine Mutter schließlich kam, überließ ich alles Eric. Er tötete sie mit einer Drahtschlinge. Er hatte an dieser Schlinge zwei Holzstücke an den Enden befestigt, die er nur immer weiter zudrehen musste. Meine Mutter saß zu diesem Zeitpunkt müde in ihrem Sessel. Es war leicht gewesen, sie zu erdrosseln.«

Angeekelt wandte Evelyn ihren Blick von Stefan ab. Sie wollte das alles nicht hören und wollte trotzdem wissen, wie er zu dem geworden war, was ihn heute ausmachte. Serienmörder Stefan Hellbach.

»Und dann haben Eric und ich es uns zur Aufgabe gemacht, die Stadt von diesen Frauen zu säubern.

Der Mord an meiner Mutter wurde, wie auch alle anderen, nie aufgeklärt. Die Polizei ging davon aus, dass es ein Freier gewesen war. Sie wussten natürlich, im Gegensatz zu mir, dass sie auf den Strich ging. Dann war sie eben so dämlich gewesen und hat einen Freier mit zu sich nach Hause genommen, meinte ein Polizist, der sich mit seinem Kollegen unterhalten und nicht mitbekommen hatte, dass ich im Zimmer nebenan alles verstehen konnte.«

Stefan nahm die Flasche Mineralwasser, die auf ihrem Nachttisch stand und goss sich ein halbes Glas voll ein. Er müsse jetzt einen Schluck trinken, meinte er entschuldigend.

Sie nickte und wartete still darauf, dass er weitererzählte. Wobei das, was er ihr schon gesagt hatte, reichte, um ihr klarzumachen, dass sie mit diesem Menschen auf keinen Fall mehr weiter in einem Haus wohnen wollte. Aber die Presse! Sie fürchtete in der Tat um das, was die alles daraus machen würden...

Stefan holte tief Luft und berichtete wie sein Leben dann weiterging. Er kam in ein Heim, da er keine weiteren Verwandten mehr hatte und blieb dort, bis er erwachsen geworden war. Er ließ keine Frauen an sich heran, aus Angst, dass sie so sein könnten wie seine Mutter. Tagsüber Heimchen am Herd und in der Nacht ein Flittchen. Bis er Evelyn kennen- und lieben lernte. Sie war seine Traumfrau. Verkörperte all das, was er sich bei einer Frau vorstellte. Und sie heiratete er auch. Allerdings erst, als er mit Eric die Vereinbarung getroffen hatte, dass Evelyn tabu für ihn wäre. Und, dass er im Schlafzimmer absolut nichts zu suchen hatte.

Evelyns Augen waren zugefallen. Aber noch war sie nicht ins Land der Träume entschwunden. Ihr Gehirn ratterte. Suchte nach einer Möglichkeit. Nach einer Idee. Plötzlich und unerwartet fiel ihr etwas ein.

»Stefan, ich danke dir für deine Offenheit«, sagte sie.

»Ich finde, wir sollten darauf Anstoßen und ein Glas Sekt zusammen trinken. Ich habe noch nie einen Menschen kennengelernt, der so ehrlich zu mir war und den ich so über alles liebe. Würdest du uns eine Flasche aus dem Kühlschrank holen?«

Bittend und süß lächelnd. Da hatte er noch nie widerstehen können.

Zwar ein wenig erstaunt, gleichzeitig aber geschmeichelt durch ihre Worte erhob er sich, küsste ihr die Hände und stand auf, um ihrem Wunsch nachzukommen.

»Du machst mich so glücklich, mein Engel. Ich wusste, dass du mich verstehst«, erwiderte er, als er zum Schlafzimmer hinausging. Ein fröhliches Lied vor sich her pfeifend. Jetzt würde alles gut. Evelyn hatte Verständnis für ihn. Und vermutlich würde er auch noch eine schöne Nacht mit ihr verbringen. Darauf freute er sich am meisten.

Aber erst einmal den Sekt aus dem Kühlschrank holen. Er stellte die Flasche in einen Sektkühler, legte eine große weiße Serviette um den Hals der Flasche, stellte noch zwei edle Gläser hinzu und nahm zum Schluss aus dem Strauß Rosen, der auf dem Küchentisch stand eine heraus. Dass alles arrangierte er fast zeremoniell auf einem Tablett.

Eine Stimme meldete sich in seinem Kopf.

Eric.

»Glaubst du, dass du ihr vertrauen kannst? Sie ist auch eine Frau. Spielt nur mit dir. Jetzt wo sie dein Geheimnis kennt, kann sie dich doch gar nicht mehr lieben. Du bist ein Monster in ihren Augen!«

Stefan hatte keine Lust hinzuhören. Vorsichtig balancierte er sein Arrangement die Treppe hinauf.

Auf halber Höhe der Treppe rief er: «Bist du bereit, mein Goldlöckchen?!«

Er sah sie oben an der Schlafzimmertüre stehen. Sie wartete schon auf ihn.

»Bereit«, erwiderte Evelyn. Als er auf dem oberen Podest angekommen war und sich an ihr vorbei ins Schlafzimmer schlängeln wollte, fühlte er einen kräftigen Stoß. Er wankte, wollte sich am Geländer festhalten. Dieses gab wegen der Altersschwäche und des ungewohnten Gewichts sofort nach, brach unter ihm zusammen und Stefan stürzte samt Geländer und Tablett hinab in die Tiefe. Sie hörte den Aufprall seines Körpers und das Klirren von Kristall. Er landete auf harten, kalten Fliesen. Ungläubig waren seine Augen auf Evelyn gerichtet, die ihn von oben herab kalt ansah. Das letzte was er hörte, bevor seine Augen brachen, war:

»Ich habe dir so oft gesagt, dass das Geländer repariert werden muss. Aber das haben du und dein Freund Eric ja konsequent ignoriert... «

Disziplin...

oder Ich ergebe mich in mein Schicksal

Ich war und bin das perfekte Beispiel dafür, was Disziplin nicht bedeutet.

Denn da heißt es, man sollte bei der Sache bleiben... etwas durchziehen, was man sich vornimmt... sich zusammenreißen... den inneren Schweinehund bekämpfen... den Kampfgeist stärken usw.

Doch dafür müsste ich mir schon allein meine Zeit besser einteilen.

Ein Zeitmanagement durchführen. Ausgerechnet ich, die mit der Zeit zu allen Zeiten immer schon ein Problem hatte!

Ja, der gute Wille, der war bei meinen festen Vorsätzen immer da. Aber beim Umsetzen haperte es dann am richtigen Zeitpunkt und ... richtig, an der Disziplin!

Warum sind andere Menschen so erfolgreich darin, Ihre Pläne auch umzusetzen? Weil sie ihren Gedanken ein Tun folgen lassen. Sie setzen sich ein Ziel – oder auch mehrere – kennen ihren Weg und lassen sich von keinem da hineinreden. Sie „ziehen ihr Ding durch".

Wie sagte der alte Goethe: Es genügt nicht zu wollen, man muss es auch tun!

Doch bei mir sitzt vor dem Tun immer noch der innere Schweinehund, der überwunden werden will.

Sei es beim Sport - das Joggen bekam mir nicht so - nach dem Essen läuft es sich immer so schlecht, oder im Fitnessstudio – ja klar, wenn ich so schlank wäre, wie meine Nachbarin nebenan am Laufband, hätte ich auch kein Problem damit, ´ne halbe Stunde durchzulaufen, ohne einen einzigen Schweißtropfen auf der Stirn und dabei noch zu lächeln, als wenn es mir richtig Spaß machen würde.

Ok, ich weiß, dass sich irgendwann Endorphine freisetzen, wenn man es nur lange genug macht und an seine Grenzen geht. Mich hatten die Glückshormone scheinbar vergessen. Ich war ihnen wohl nicht unglücklich genug. Meine Blicke wanderten meist immer sehnsüchtig zur Uhr... wann sind endlich die 10 Minuten zum Aufwärmen vorbei?

Eine Freundin von mir schafft es mit eiserner Disziplin, ganz schnell fünf Kilo abzunehmen. Sie holt sich dafür extra spezielle Nahrungsergänzungsmittel aus der Apotheke, die den Stoffwechsel anregen sollen. Eigentlich empfinde ich sie nicht als dick. Sie möchte es auch möglichst nicht werden. Also beugt sie vor, indem sie halt ab und zu diese Stoffwechsel – Diät oder wie auch immer man das nennen mag, durchführt.

Aha, der Stoffwechsel ist also dafür verantwortlich, dass ich so dick bin. Ja, warum kann der meine

Schokoladentafeln, die ich verputze, denn nicht mal ein bisschen schneller verarbeiten. Nein, ich soll meine Disziplin erst unter Beweis stellen. Dann folgt auch die Belohnung! Wie gemein ist das denn?!

Die Belohnungen sind ja sowieso das Allerbeste, wenn man diszipliniert war. Darum habe ich mir darüber auch schon reichlich Gedanken gemacht. Nur für den Fall, dass ich etwas auch wirklich ganz diszipliniert durchhalte. Eine Option wäre es, mal wieder gut essen zu gehen. Man gönnt sich ja sonst nicht viel. Oder sich mit Freundinnen treffen und bei Aimée im „Kehre wieder" frühstücken gehen. Da gibt`s den besten *Latte* der Stadt, ein tolles Lachsfrühstück und sogar Rührei mit Speck! Oder sich mit einer Schachtel Pralinen in den Lieblingssessel kuscheln und den ganzen Abend im neuen Buch lesen... Ich schweife ab. Da kann ich ja anschließend wieder meine ganze Energie darauf verwenden, einen Plan zu machen, wie ich meine überflüssigen Pfunde verliere. Dazu müsste ich meinen inneren Schweinehund überwinden und auch wirklich mal Disziplin walten lassen...!

Eisblauer Dezember

Du wirst Eiswürfel pinkeln und in der Sauna schlafen, hatten mich meine Freunde gewarnt, als ich vor fünf Jahren beschlossen hatte, mich aus der pulsierenden, lebendigen Stadt Helsinki, in die Einsamkeit Lapplands nach Enontekiö am nordwestlichen Zipfel Finnlands zurückzuziehen. Ganz so Unrecht hatten sie mit ihrem Unken ja nicht. Bei 30 Grad Minus ist man froh, wenn man überhaupt ein Dach über dem Kopf hat. Aber das war das Kleinste meiner Probleme gewesen. Die Blockhütte, von den Einheimischen Mökki genannt, war mit der Hilfe von meinen netten Freunden schnell aufgebaut. Wenn man acht Wochen schnell nennen konnte. Ole fragte mich, als das Ding endlich stand, ob ich mir das wirklich genau überlegt hätte. Hier draußen in der Einsamkeit und ganz auf mich allein gestellt. Das gäbe es normalerweise nur im Film oder in Reiseberichten. Real könne das doch kein normaler Mensch aushalten.

„Ich bin eben nicht normal", hatte ich scherzend zurückgegeben und dachte bei mir, wenn man etwas Großes erreichen will, dann muss man Opfer bringen. Die Einsamkeit, von der Ole sprach, war bis dahin für mich nur ein Wort. Und ich glaubte auch nicht, dass ich jemals vor Langeweile umkommen würde. Meine Hunde würden mich genug in Anspruch nehmen.

Dass mit der Sauna hatten sie todernst gemeint. Ohne dass ich etwas mitbekommen hatte, befand sich am Ende des Mökkis jetzt eine Art kleiner Verschlag. Ole und Tom riefen mich herbei, um mir ihr Prachtwerk zu zeigen. Ich war zunächst etwas sprachlos.

Als ich mich wieder gefasst hatte, sagte ich: „Also, das habt ihr klasse hinbekommen. Ich danke euch. Aber viel wichtiger wäre doch jetzt erst mal der Hundezwinger, oder."

„Den werden wir auch noch in Angriff nehmen. Alles zu seiner Zeit. Dein Mökki ist fertig und den Hunden macht es nichts aus, im Schnee zu schlafen", lachte Ole.

Tom und Jyrki meinten, vielleicht könnte man erst einmal etwas Anständiges essen, wo sie doch extra den neuen Grill für mich besorgt hatten. „Ein Grill mitten in der Wildnis. Ja, und was wollen wir grillen? Gehen wir auf die Jagd oder wie habt ihr euch das gedacht?"

„Nö, Jyrki hat Rentierwürstchen und Lachs mitgebracht. Das packen wir gleich drauf. Ich hoffe nur, dass uns das Bier nicht eingefroren ist. Ich hatte es zwar gut verpackt, aber man weiß ja nie", grinste Ole zu mir herüber.

Unser Einweihungsgrillen war das Highlight. Wir wollten es so schnell wie möglich wiederholen,

versicherten wir uns gegenseitig. Irgendwann hatte uns der selbstgebrannte Beerenschnaps und das Bier so müde gemacht, dass wir nur noch ins Bett wollten.

Es stellte sich heraus, dass der große Kamin, den wir eingebaut hatten, wirklich hielt, was er laut Prospekt versprochen hatte. Wir brauchten keine Schlafsäcke, um nicht einzufrieren. Es war mollig warm im Haus. Jetzt war ich ziemlich froh darüber, dass sich alles auf einer Ebene befand - Küche, Schlafraum und Wohnzimmer. Ich musste halt immer für genügend Brennholz sorgen, dann würde ich schon klarkommen.

Am nächsten Tag machten sich Ole und Jyrki daran, den neuen Hundezwinger zu bauen. Es waren zwar erst sechs Hunde, die zu versorgen waren, aber ich wusste, dass es bald mehr sein würden. Zwei meiner Husky-Weibchen, Bella und Smilla, waren tragend. Tom, der aus Deutschland kam und sich mit den Tieren nicht so gut auskannte, fragte mich, ob sie denn wirklich nicht frieren würden in dieser Kälte.

„Man merkt, dass du wirklich keine Ahnung hast, mein Lieber. Huskys sind für das Leben im Eis gemacht", lachte ich.

Dann gab ich Tom ihm einen freundschaftlichen Stubser mit der Faust auf den Arm und ging mit ihm zu meinen Hunden, die schon aufgeregt jaulten. Weiße Eiskristalle hatten sich auf ihren dicken Fellhaaren gebildet, Schneeflocken wirbelten um ihre Schnauzen und ich spürte das nervöse Vibrieren, welches mir sagte, dass die Huskys jetzt ungeduldig darauf warteten, dass sie endlich losrennen durften. Ich verstand sie sehr gut. Das war ihre Natur.

Wenig später hatte ich sie vor meinen Schlitten gespannt, gab Tom Bescheid, dass ich jetzt ein paar Stunden unterwegs sein würde. Ich bat ihn, die beiden Jungs so gut wie möglich beim Zwingerbau zu unterstützen. „Sorgt vor allem dafür, dass ihr so etwas wie eine Wurfhöhle aus Schnee baut,

damit Bella und Smilla ihre Babys später gut unterbringen können", bläute ich ihm ein. „Sie brauchen das nicht unbedingt, aber mir ist es lieber so."

„Wird gemacht, Chef", Tom tippte sich mit zwei Fingern an seine Fellkappe und zeigte mir damit, dass ich mich auf ihn und die anderen verlassen konnte.

Während das Gespann mit dem schweren Holzschlitten endlich lospreschte, freute ich mich über meine Freiheit, tun und lassen zu können, was ich wollte.

Wie aber würde es sein, wenn meine Freunde wieder fort waren. Würde ich mit der Einsamkeit wirklich so gut zurechtkommen? Darüber wollte ich mir jetzt besser keine Gedanken machen. Zu schön war das Gefühl, durch den knirschenden Schnee zu fahren, so schnell, wie es mit anderen

Tieren kaum möglich gewesen wäre.

Unser Weg führte über leichte Anhöhen, wo ich einen wundervollen Ausblick hatte und sich die endlose Weite vor mir erstreckte. Man konnte hier keine Häuser erkennen und nicht eine einzige menschliche Spur. Das war einfach atemberaubend!

Heute war es nicht stürmisch. Darum erschienen mir die hohen Nadelbäume in ihren bodenlangen weißen Mänteln wie erstarrt. Als hätte sie jemand in einem passenden Moment erwischt und verzaubert. Es gab viele kuriose Geschichten und Sagen über dieses abgeschiedene Land und ihre Leute.

Noch dachte ich nicht eine Minute über die sehr langen Winter und ziemlich kurzen Sommer in Lappland nach.

Dafür war mir bisher einfach keine Zeit geblieben. Es hatte ja auch immer etwas zu tun gegeben. Gerade an diesem Morgen zeigte Lappland sich wieder einmal von seiner schönsten Seite. Ich genoss es. Aber nach zwei Stunden in der friedvollen, stillen klaren Winterlandschaft bekam ich Hunger. Ich beschloss umzukehren und mir mit meinen Freunden ein leckeres Essen zu gönnen.

Fünf Jahre später...

Wie lange war das jetzt eigentlich her, sinnierte ich, als ich die Fotos in meiner Hand betrachtete. Meine Freunde hatten einen wirklich prächtigen Zwinger für die Huskys gebaut und mittlerweile waren die Welpen von Bella und Smilla selbst schon erwachsen und hatten noch mehrmals Nachwuchs bekommen. Somit konnte ich jetzt stolz zwölf Huskys mein Eigen nennen.

Mit der Zeit hatte ich mich daran gewöhnt, nur mit mir und meinen Hunden zusammen zu sein. Außer, wenn ich einmal in das nächste Dorf mit ihnen fahren musste, um meinen Nachschub an Lebensmitteln aufzufüllen. Die klirrende Kälte hatte mir schon oft arg zugesetzt. Daran konnte auch der glitzernde Schnee und die herrlichen Polarlichter nichts ändern. Es war eigentlich immer kalt, selbst im Sommer wurde es nie wärmer als -10 bis -12 Grad. Hier ging die Sonne im Sommer zwei Monate lang nie unter. Und im Winter zwei Monate lang nie auf. Ich hatte ein ruhiges Leben mit viel Zeit. Gelegentlich traf ich mich auch mit einigen Rentierzüchtern oder ging Lachse und Hechte fangen.

Wenn ich mit mir alleine war, blieben mir drinnen in meinem gemütlichen Mökki nur meine Bücher - und draußen die Natur. Manchmal holte ich mir eines der kleinen Welpen in meine Hütte, wenn gerade wieder eine Hündin geworfen hatte und schmuste und spielte mit ihm.

"Na, du kleiner Raudi, schmeckt dir mein Teppich", hatte ich erst letztens den ältesten des neuen Wurfs von Laila gefragt, der zu gerne an meinen bunten Flickenteppichen kaute. Ich erwartete keine Antwort. Aber es wäre doch schön gewesen, wenn ich mich in meiner einsamen Hütte öfter einmal unterhalten könnte.

Ich hatte ihn später auf meinen Schoss gezogen, ihm das Köpfchen gestreichelt und ihm dabei von meinem Leben erzählt. Raudi schien sehr interessiert, denn er schaute mir aufmerksam in die Augen, während ich sprach und schleckte ab und zu über mein Gesicht, was ich nicht so sehr mochte oder knabberte an meiner Hand herum, die locker auf seinem Rücken lag. Ich genoss die Wärme, die der kleine Kerl von sich gab und auch seine Liebkosungen. In Wirklichkeit hatte ich aber das Gefühl, dass mir etwas ganz Anderes fehlte. Leider kam ich nicht darauf, was es war.

Da ich keine Lust hatte Alkoholiker zu werden, musste ich mir etwas einfallen lassen, um nicht dem

Beispiel einiger Einheimischen zu folgen. Sie tranken, um die dunklen Tage und Nächte besser ertragen zu können. Für sie war das ganz normal. Für mich schien das Fischen eine gute Alternative zu sein. Mittlerweile kannte ich mich so gut aus, dass ich als gefragter Experte galt und die Samen großen Respekt vor mir hatten. Vor mir, dem Zugereisten. Aber ich wusste genau, wann, wo und wie man am besten welchen Fisch fangen kann. Darum fuhr ich, so oft es mir möglich war, hinaus an den See und warf meine Angel aus. Auch dafür brauchte ich Geduld. Warten. Immer wieder warten. Doch meine Hartnäckigkeit wurde früher oder später belohnt. Im Winter schloss ich mich einigen Einheimischen zum Eisfischen an. Als ich eines Tages gefragt wurde, ob ich mein Wissen nicht gerne an die Touristen weitergeben würde, winkte ich ab.

Nein, ich hatte mich bewusst für dieses karge und einsame Leben entschieden. Die Natur entschädigte mich für Vieles, was andere vielleicht für sich als Luxusgut benötigten. Ich wollte einfach SEIN... und war mir selbst genug. Dachte ich zumindest.

In Gesellschaft hatte ich es noch nie lange gut ausgehalten. Und ich habe es nie bereut, dass ich meine Wohnung in Helsinki damals aufgegeben hatte, samt meines gut bezahlten Jobs als Tiermediziner. Mein Wissen kam mir hier zugute. Ich hatte schon so manchen Schneehasen oder ein Rentier aus Fallen befreit und sie wieder einigermaßen hergestellt. Hasste die Fallensteller, konnte aber leider nichts daran ändern. Erwischte man einen, kamen drei andere hinterher. Ich stand auf, um mir einen starken Tee zu kochen.

Nein, was andere Einsamkeit nannten, war für mich die reinste Wellness-Kur. Und das jetzt schon seit Jahren. Mir fehlte es doch an nichts. Oder…?

Mitten in meine Gedanken hinein hörte ich plötzlich einen Schrei. Als ich die beiden Treppen vor meiner Hütte hinuntereilte, die Jacke noch im Laufen anzog, ahnte ich nicht, dass meine nächsten Schritte und Taten meine weitere Zukunft bestimmen würden.

Die Huskys jankten und jaulten. Schienen sich gegenseitig übertrumpfen zu wollen. Aber in ihrem Zwinger waren sie in Sicherheit. Weder umherziehende Wölfe, noch Bären hatten es bisher geschafft, in diesen Zwinger einzudringen. Vorsichtshalber spannte ich den Hahn meiner Waffe, die ich aus dem Holster gezogen hatte. Es war besser, immer eine Waffe bei sich zu tragen hier draußen.

Wenn es ein Bär war, der da im Halbdunkel des Waldes auf mich wartete, wäre ich gewappnet. Ich konnte es mir nicht leisten, langsam zu reagieren. So war ich vorbereitet. Allerdings hatte ich noch nie schreiende Bären gesehen oder gehört.

Ich näherte mich zügig der Stelle, von der ich annahm, dass der Schrei von dort gekommen war.

Als ich näherkam, sah ich ein kleines Häuflein Mensch im tiefen Schnee sitzen, welches fluchte und schimpfte wie ein Rohrspatz - verzweifelt darum bemüht aufzustehen. Ich konnte einen Schwall rotblonder Locken erkennen, die sich einen Weg aus ihrer weißen Fellmütze gebahnt

hatten und nun ungebändigt über ihr Gesicht flossen. Ja, es war eindeutig die Stimme einer Frau, die nicht aufhörte zu fluchen und noch nicht mitbekommen hatte, dass ich jetzt genau neben ihr stand.

„Kann ich helfen", fragte ich und beugte mich tief hinunter, um mir anzusehen, was mit ihr war.

Die Frau schaute mich erschrocken, aber auch irgendwie erleichtert an und schenkte mir einen Blick, der mich auf der Stelle verzauberte. Ihr Gesicht war zwar schmerzverzerrt, aber trotzdem sah ich darin eine Schönheit, die ich so noch nie gesehen hatte. Es wirkte fast elfenhaft zart und ihre smaragdgrünen Augen zogen mich sofort in den Bann.

Nein, ich hatte bisher nichts vermisst. Es war mir in all den Jahren gut gegangen in der Einsamkeit der Wälder. Doch in diesem Moment spürte ich, dass es da etwas gab, was mein Glück möglicherweise komplett machen würde.

Sie war mit ihrem Knöchel umgeknickt und es schien höllisch weh zu tun. Ich versuchte ihr hoch zu helfen, indem ich sie leicht stützte, stellte dann aber schnell fest, dass sie nicht würde laufen können. Denn sie stöhnte sofort auf und wollte sich gleich wieder in den Schnee fallen lassen. Ich verhinderte es, indem ich sie auffing, kurzerhand und entschlossen auf meine Arme hob und mit ihr zu meinem Mökki marschierte. So hatten es früher schon die Sammler und Jäger gemacht. Das Weib in die Höhle gezerrt. Ich musste innerlich schmunzeln. Widerstand leisten wäre auch zwecklos gewesen. Selbst wenn sie gewollt hätte. Schnell ließ ich diesen Gedanken ziehen. Ich war doch ein Ehrenmann. Dabei fiel mir ein, dass ich mich ihr noch gar nicht vorgestellt hatte.

„Ich bin übrigens Kriss", sagte ich.

Die rothaarige Elfe hatte ihre Arme fest um meinen Hals geschlungen, was mir ziemlich gut gefiel und erwiderte: „Mein Name ist Sirrka. Eigentlich wollte ich nur mal ein bisschen ausspannen und meine neuen Schneeschuhe ausprobieren. Dann stolperte ich über diese blöde Baumwurzel und habe mir wohl den Knöchel verstaucht..."

Wir waren gerade an meinem Mökki angekommen, als plötzlich ein wahrer Farbenrausch über uns hinwegging.

Polarlichter. So schön und geheimnisvoll. Verzaubernd und mystisch.

Einen Moment blieb ich mit Sirrka, die ich immer noch auf meinem Arm trug, dort stehen und wir betrachteten in stiller Eintracht dieses phänomenale Naturschauspiel. Als wir uns dabei für einen Moment in die Augen sahen, war ich mir sicher, dass das Schicksal etwas Besonderes mit uns vorhatte...

Lila Sommer

Peng! Isabella Fernandez knallte die Kühlschranktüre so heftig zu, dass sie sich sofort wieder öffnete und ihr mit Schwung eine Flasche Sekt entgegen rollte. Sie streifte kurz Isabellas Bauch und landete dann vor ihren Füßen, um dort mit einem lauten Klirren auf den bunten, mallorquinischen Fliesen zu zerplatzen. Sie war wütend auf ihre Tochter Luisa und deren Freund Federico. Doch Luisa sah das alles ganz anders.

Was konnte sie denn dafür, dass ihr Herz nicht höher schlug beim dem temperamentvollen Roberto, der sie bei jeder Party mit glühenden Augen anschmachtete? Oder Juan, der in seiner Luxusvilla direkt am Meer wohnte und sie eine Zeitlang mit roten Rosen geradezu bombardiert hatte. Bis sie ihm klipp und klar erklärte, dass sie ihn niemals erhören könne, weil sie eine schwere unheilbare Krankheit hätte, die zudem auch noch hochansteckend war und sie ihn nicht der Gefahr aussetzen wollte, ebenfalls am HIV-Virus zu erkranken.

Ja – zugegeben, es war ihr im Grunde ihres Herzens zuwider, so eine Ausrede benutzt zu haben. Aber diese drastische Lüge war notwendig gewesen, fand sie. Sonst wäre sie ihn nie losgeworden. Juan hatte einfach nicht begreifen wollen, dass sie nichts für ihn empfand.

Bei Federico war das etwas Anderes. Mit ihm hatte sie schon im Kindergarten zusammen gespielt und zu ihm hatte sie tiefe, wenn auch nur freundschaftliche Gefühle. Nach einiger Zeit hatte ihre Mutter daher Ruhe gegeben, weil sie oft mit Federico zusammen um die Häuser gezogen war und sie daraus geschlossen hatte, dass die beiden, weil sie sich doch schon so lange kannten, irgendwann heiraten würden.

Wenn Federico zu Besuch kam, behandelte sie ihn daher auch schon so, wie einen künftigen Schwiegersohn. Sie bestand darauf, wenn er kam, dass Luisa sich vorher besonders hübsch machte und sie selbst verschwand in ihrer Küche, um einen ihrer leckeren Kuchen zu backen.

Luisa begann schon aufzuatmen – dachte, sie hätte jetzt endlich Ruhe, da passierte es...

Ihre Mutter, die äußerst selten zum Strand ging, hatte ihre beste Freundin Paola besucht. Da es ein

drückend heißer Tag gewesen war, beschlossen die beiden gegen Abend ans Meer zu gehen, um eine Runde zu schwimmen.

In einer Sandkuhle entdeckte Isabella plötzlich Federico, der sich wild knutschend, mit freiem Oberkörper und vollem Einsatz nicht etwa einer Frau widmete, sondern gerade wieder in die welligen, schwarzen Haare eines anderen Mannes griff und ihn über sich zog.

Isabella bekam Schnappatmung bei diesem Anblick! Sie stand kurz vor einer Ohnmacht und die Lust am Schwimmen war ihr gründlich vergangen. Laut vor sich hin schimpfend, drehte sie sich abrupt um und lief den Weg zurück, den sie gekommen waren.

Paola hatte Mühe, ihr zu folgen. Sie verstand nicht so recht, was los war. Hatte ihre Freundin etwas gegen Schwule?

„Nun bleib doch mal stehen!" rief sie. „Heutzutage ist es doch nichts Schlimmes mehr, wenn sich zwei Männer lieben, Isabella."

Doch die verlangsamte ihre Schritte kein bisschen, sondern schien im Gegenteil noch schneller zu laufen. Zuhause angekommen, knallte sie ihrer Freundin die Türe vor der Nase zu und Luisa, die am Esstisch in der Küche saß und Isabella hereinstürmen sah, erlebte zum ersten Mal, wie viel Temperament sich jahrelang in ihrer Mutter versteckt hatte. Sicher war Mamita früher auch schon mal wütend geworden. Aber hier entlud sich gerade ein Vulkan. Zuerst verstand sie kaum ein Wort von dem, was ihre Mutter von sich gab.

Schwul ...! Sodom und Gomorrha ...! Heilige Madonna, steh uns bei...! Doch dann stand Isabella direkt vor ihr, wedelte mit dem Zeigefinger vor ihrem Gesicht herum und schrie sie an:

„Damit das klar ist, dieser Federico wird unser Haus nie wieder betreten und du wirst dich von ihm fernhalten! Verstanden, Luisa!?"

„Ähem, Mamita... ich verstehe überhaupt nicht, was los ist", wagte Luisa vorsichtig einzuwenden.

Im Gegensatz zu ihrer Mutter wusste sie schon lange, dass Federico lieber Männer, statt Frauen mochte. Und sie ahnte langsam, dass Isabella hinter ihr Geheimnis gekommen sein musste. Natürlich hatten sie beide darüber geschwiegen. Im streng katholischen Spanien waren die Menschen nicht so liberal wie in vielen anderen Ländern mittlerweile.

„Du musst auch nichts verstehen! Halte dich einfach an das, was ich dir sage", entgegnete ihre Mutter und fast sah es so aus, als wolle sie Luisa schlagen.

Sie fuchtelte bei jedem ihrer Worte wie wild mit den Händen und Armen in der Luft herum, um sie zu unterstreichen. Luisa wollte schon wortlos in ihr Zimmer gehen, da wurde ihr auf einmal bewusst, dass sie das alles nicht einfach so hinnehmen konnte - und wollte...

Federico war ihr bester Freund, ihr Vertrauter seit Jahren. Was Isabella von ihr verlangte, war ja verrückt!

„Mamita, bitte...", fing sie an, aber ihre Mutter wollte sich auf keine Diskussion einlassen.

„Nein, Schluss jetzt! Darüber brauchen wir nicht mehr zu reden."

Isabella, die schon auf dem Weg nach oben ins Bad gewesen war, drehte sich auf der Treppe noch einmal um.

„Ich habe Kopfschmerzen und werde mich nach dem Duschen gleich hinlegen." Mit blitzenden, noch immer zornigen Augen sah sie Luisa an. Ihre Stimme erhob sich wieder. „Und du versprichst mir, dass du ihn nie wiedersehen wirst!"

„Das kann ich nicht, Mamita!" schrie Luisa zurück.

Ihre Gefühle bahnten sich einen Weg. Sie konnte es nicht widerspruchslos hinnehmen, was ihre Mutter von ihr verlangte.

„Luisa, Federico ist krank! Ich will gar nicht daran denken, was für schlimme Krankheiten er außerdem noch hat. Darüber diskutiere ich jetzt auch nicht weiter mit dir!"

Kurz schlichen sich ein schlechtes Gewissen und Schamgefühle bei Luisa ein, weil sie bei dem Wort Krankheit sofort an ihre schlimme Lüge denken musste, die sie als Verteidigung benutzt und zweckentfremdet hatte, um Ruhe vor Juan zu haben.

Das war dumm gewesen. Sie schwor sich, nie wieder eine Krankheit für etwas zu missbrauchen, um etwas Positives für sich daraus zu gewinnen. Völlig außer sich und verzweifelt schnappte sie sich kurz entschlossen ihr Handy und ihre Haustürschlüssel und rannte hinaus. Isabella hörte nur noch das Aufröhren von Luisas Motorrad. Dann war es still. *Scheiss auf die Dusche*, dachte sie. Was sie jetzt brauchte, war etwas Alkoholisches. Wütend sprang sie die Treppe wieder nach unten.

Hätte sie die Türe des Kühlschranks nicht so unbeherrscht aufgerissen, wäre ihr Wunsch auch schnell in Erfüllung gegangen.

Aber so stand sie jetzt in ihrer Küche, vor sich auf dem Boden ein Haufen Scherben und ihre Tochter war weg. Sie bückte sich, um hinter dem Vorhang des alten Einbauschrankes, das Kehrblech und den Handfeger hervorzuholen, welche sie im unterstem Regal aufbewahrte und begann dann vorsichtig damit die Glasscherben aufzusammeln.

Sie hoffte, dass Luisa nicht gleich zu Federico gefahren war. Das sie aber auch kein bisschen verstanden hatte, was Isabella ihr hatte klarmachen wollen. Heilige Madonna, wie konnte der Herr sie nur so strafen? Entschuldigend ging ihr Blick zu dem kleinen Altar mit dem Jesuskind. Sie bekreuzigte sich schnell.

Ihre Tochter befreundet mit einem Homosexuellem! Was die Leute sagen würden, wenn das raus käme...? Sie musste Luisa mit allen Mitteln von ihm fernhalten. Das war ihre Pflicht!

Dabei hatte sie immer gedacht, dass Federico eines Tages ihr Schwiegersohn werden würde. Wie konnte sie denn nur so blind gewesen sein, fragte sie sich.

Und was war mit Luisa los? Warum legte sie sich so ins Zeug für ihn, wo er doch – wie sich jetzt

herausgestellt hatte – überhaupt keine Ambitionen gezeigt hatte, um sie zu werben.

Sie begrüßte es, dass Luisa mit 18 noch Jungfrau war. Zumindest ging sie stark davon aus. Das hätte jetzt auch noch gefehlt. Ihre Tochter der Ehre beraubt und dann noch mit diesem Federico befreundet... !

Isabella beschloss, sich das Zimmer ihrer Tochter einmal gründlich anzusehen. Welche Geheimnisse hatte sie noch vor ihr. Warum verteidigte sie Federico so?!

Es war wirklich sehr heiß in diesem Sommer. Eigentlich wollte sie nur eins. Unter die Dusche und dann schlafen. Aber erstens war sie gerade viel zu aufgeregt und außerdem wollte sie nun unbedingt wissen, was Luisa eventuell noch alles vor ihr verbarg, wenn sie schon die Homosexualität ihres Freundes vor ihr geheim gehalten hatte.

Sie betrat die kleine Kammer ihrer Tochter, die von lila Farben dominiert wurde. Der Teppich, die Vorhänge, der Lavendel auf der Fensterbank, die Schleifen an dem Stuhlkissen vor ihrem Schreibtisch, die Bettwäsche. Alles in den verschiedensten Lilatönen. Das letzte Mal war sie vor einem halben Jahr bei Luisa im Zimmer gewesen, aber nur kurz, um ihr einen hübschen Blumenstrauß zum Geburtstag auf ihren Tisch zu stellen.

Es hatte sich nichts verändert. Oder doch? Was war das für ein Foto in dem Bilderrahmen auf ihrem Nachttisch?

Neugierig nahm sie das Bild in die Hand und betrachtete es. Luisa in inniger Umarmung mit Daniela, der Tochter ihrer besten Freundin Paola. Das wäre nicht unbedingt schlimm gewesen, wenn es sich nur um ein unschuldiges Freundschaftsfoto gehandelt hätte. Aber im Bruchteil einer Sekunde hatte Isabella auch die offenstehende Schublade wahrgenommen und was sie da sah, ließ sie erstarren. Noch ein Foto von Luisa und Daniela.

Diesmal völlig in einem tiefen, hingebungsvollem Kuss versunken. Und auf einmal wurde ihr vieles klar. Darum also nie ein Freund, den man normalerweise irgendwann den Eltern vorstellte. Auf Luisas Partys waren auch fast immer nur Mädchen eingeladen, ausgenommen natürlich Federico. Logisch, dass sie sich so für ihre Freundschaft mit Federico einsetzte.

Sie war lesbisch! Isabella setzte sich aufs Bett. Jetzt verstand sie sogar, warum es ausgerechnet Lila sein musste, als sie Luisa gefragt hatte, welche Farben sie gerne für ihr Zimmer haben wollte.

Die Symbolfarbe Lila.

Lila, die Farbe der Lesben und Schwulen.

Sie liebte ihre Tochter. Aber konnte sie sich damit abfinden, dass sie sich zu Frauen hingezogen fühlte? Würde sie über ihren Schatten springen können, um Luisa nicht zu verlieren? Konnte man vielleicht ihre Krankheit heilen?

Lange saß sie auf dem Bett ihrer Tochter und war ganz in ihre Gedanken versunken. Dann hörte sie plötzlich ein Motorengeräusch vor dem Haus. Luisa war nach Hause gekommen.

Was sollte sie jetzt tun...?

Alles nur Show!

Schon wieder dieser Typ! Seine hündische Ergebenheit geht mir auf den Senkel. Und nach der Vorstellung werde ich vermutlich wieder gute Miene machen, damit Charleene, meine Chefin, nicht ihren besten Kunden verliert. Er kommt jeden Tag. Sitzt ganz vorne an der Bühne, meist ein Glas Champagner in der Hand und glotzt mich an, als wenn ich das achte Weltwunder wäre.

Letztens sagte er zu mir: „Ich bin nicht schwul, aber ich würde gern...".

Wie oft habe ich das schon gehört?! Es ist ekelhaft.

Wenn ich tagsüber durch die Stadt laufe, erkennt mich keiner.

Ich bin eher der schmächtige Typ. Der, der nirgendwo auffällt. Und nach der Show sehe ich nach dem Abschminken wieder genauso nichtssagend aus. Doch das Abschminken bekommt er nicht mit. Das Schreiten auf Stilettos habe ich mühsam lernen müssen. Es stundenlang vor dem Spiegel geübt.

Mein Selbstwertgefühl stieg mit steigender Absatzhöhe. Man kann heute sagen, mein Ego befindet sich auf 14,5 cm - in Plateau gemessen. Aber das auch nur auf der Bühne.

Tagsüber sortiere ich im Baumarkt Regale und gieße die Blumen im Gartencenter. Ich bin der Depp für alle.

Ich muss raus.

Mein Auftritt.

Meine Bühne.

Heute bin ich "La Dietrich" und das heißt, es ist ein absolutes MUSS, etwas besonders Auffallendes und Hochwertiges zu tragen.

Marlene selbst wählte nur das Beste vom Besten, denn sie wusste, dass sich immer "ein Kenner in der Menge" befindet. Ihr Hang zur Perfektion war weithin bekannt. Und wie sie, spiele auch ich gern mit der Mehrdeutigkeit von Maskulinem und Femininem.

Allerdings habe ich in ihrer Rolle einen Vorteil. Ich brauchte mir nicht die Backenzähne ziehen lassen, um hohlwangig auszusehen. Außerdem musste ich keine Diät machen, um zehn Kilo abzunehmen, wie einst von ihrem ersten Regisseur gefordert. Die Musik setzt ein.

Ich erhebe meine Arme und schreite langsam in die Mitte der Bühne.

Sie wissen es! Sie fühlen es, wenn ich in der Mitte angekommen bin, da wo der Scheinwerfer den Rest der Welt verblassen lässt.

Dann ist da nichts anderes mehr.

Ich bin Marlene!

Gehe ganz in meiner Rolle auf. Ich sehe seine bewundernden Blicke.

Sie fressen mich fast auf.

Wenn er wüsste...

Ich taste unauffällig nach dem kleinen zusammengefalteten Stück Papier unter meinem BH-Träger. Es ist noch da.

Morgen werde ich mich demaskieren.

Mein weißer Pelz umhüllt mich und ich fühle mich durch ihn sehr feminin, obwohl ich gerne ein Mann bin.

Das ahnt das Publikum nicht. Sie halten mich vermutlich für einen Transvestiten, der nicht weiß, was er will. Eher Mann oder doch lieber Frau?

Während mich begehrliche Blicke verfolgen, mich fast ausziehen und mein Körper wohl verbrennen würde, wenn das Feuer in ihren Augen mein silbernes, enganliegendes Kleid durchdränge, beginne ich endgültig mit der Show!

Ich singe: „Johnny, wenn du Geburtstag hast...", steige dabei langsam die Stufen von der Bühne herunter, bewege mich lasziv und schenke ihm einen tiefen Blick. Mit einer unauffälligen Handbewegung greife ich unter meinen Pelz, lasse den kleinen zusammengefalteten Zettel in meiner Hand verschwinden und ihn Sekunden später auf seinen winzigen runden Tisch fallen, während ich weitersinge:

"Johnny, ich träum´ so viel von dir. Ach, komm doch mal zu mir. Nachmittags um halb vier..."

Mich kotzt dieses Theater an. Aber anders werde ich ihn nicht los. Die Rosen und Pralinen, die nachts in meine Garderobe gebracht werden, verschenke ich an die alte Frau Bremer, die mir morgens immer einen Kaffee und Brote bringt, bevor ich zur Arbeit muss. Ich habe keine Zeit für solch aufwendige Sachen wie Frühstück machen. Die Nacht ist zu kurz und ich muss pünktlich im Baumarkt sein.

Das Lied ist zu Ende. Nachher werde ich noch die "kesse Lola" aus dem *Blauen Engel* geben. Aber dann ist Schluss für heute. Falls Charleene nicht andere Pläne für mich hat. Es ist wichtig, seine Gäste zu hofieren, pflegt sie zu sagen. Das heißt, ich werde mich wie immer charmant mit der schlecht gemachten Kopie von Sky du Mont unterhalten, ein paar Gläschen mit ihm trinken und auf interessierte Plaudertasche machen. Seine Hände, auch wie immer, von meinen Oberschenkeln schieben und seinen ekeligen, feuchten Küssen ausweichen, die er gerne auf meinem ganzen Körper verteilen würde, wie er mir in angesäuseltem Zustand offenbart hatte.

Einige kapieren es nicht, dass es für mich nur eine Passion ist. Eine Leidenschaft, die ich auslebe, weil ich nicht anders kann. Weil ich gerne ein Paradiesvogel bin in der

Nacht. Tagsüber unbeachtet und nachts das krasse, glamouröse Gegenteil! Ich liebe den Applaus und sauge ihn ein. Er ist mir Energie für meinen grauen Alltag, in dem sich nie etwas Besonderes ereignet. Ich habe Glück. Heute komme ich pünktlich nach Hause. Ich nehme eine Mütze Schlaf, stehe wieder auf, gehe zur Arbeit in den Baumarkt und mache um 15 Uhr Feierabend. Die Straßenbahn kommt. Ich steige ein. Und drei Haltestellen weiter wieder aus. Jetzt spiele ich keine Rolle mehr. Bin ganz ich selbst und bewege mich wie ein normaler Kerl, der gerade Feierabend hat. Ich schreite nicht, ich latsche.

Ich trage kein Paillettenkleid oder irgendein knappes Kostümchen mit Strumpfhalter und Netzstrümpfen, sondern meine schwarze Jeans und einen Kapuzenpullover.

Auf der Bank am Brunnen sehe ich ihn schon sitzen. Er hat wieder einen Strauß Rosen in der Hand.

Ich gehe gemächlich auf ihn zu und tue so, als würde ich die Jugendlichen beobachten, die dort auf der Wiese ihren Spaß haben. Dann setze ich mich zu ihm auf die Bank.

"Verschwinde hier, ich habe ein Date", zischt er und sein Gesicht ist unwirsch verzogen.

Ich fange an zu singen: „Johnny, wenn du Geburtstag hast..."

Klebrige Hohlraumversiegelung

Geschichte über einen HIV-Patienten, der früh an Demenz erkrankt

Im Krankenzimmer war endlich wieder Ruhe eingekehrt. Nur die zerknautschte Bettdecke und die unordentlich zurückgestellten Stühle, ließen erkennen, dass hier gerade eine Menge Besucher ihre Spuren hinterlassen hatten.

„Sag mal Kumpel, woher kennst du eigentlich die ganzen Leute, die dich hier dauernd besuchen kommen?"

Die Frage kam von Hajo Borowski, der sein Bett direkt am Fenster hatte und so viel Tamtam überhaupt nicht gewohnt war. Ihn kam keiner besuchen, obwohl er es sich so sehr gewünscht hätte. Doch wie immer in den letzten Jahren, wenn er vierteljährlich ins Krankenhaus musste, um seine Werte checken zu lassen, kam natürlich nie jemand von seiner Familie oder seinen ehemaligen Freunden. Sie hatten sich abgewandt von ihm. Als wenn er die Pest hätte oder ein Schwerverbrecher wäre. Mit ihm wollten sie nichts mehr zu tun haben.

Matthias Kleinschmidt, der gerade dabei war, sein Bett wieder einigermaßen zu richten, bevor die

Schwestern einen Tobsuchtsanfall bekommen würden, ließ sich nicht von seinem Tun abhalten, drehte nur leicht seinen Kopf über die Schulter und lachte Hajo zu.

„Kumpel", rief er fröhlich, „das ist das Stichwort, Bruder. Denn das waren alles meine Kumpel! Meine Arbeitskollegen!"

Er schüttelte noch kurz sein Kopfkissen auf und setzte sich auf die Bettkante. Seine Hand griff zur Wasserflasche, die auf seinem Nachttisch stand, öffnete sie und trank in tiefen Zügen die Flasche halb leer. Dann ein fragender Blick und eine hochgehobene Flasche in Richtung Hajo.

„Nein, danke. Du solltest dir mal angewöhnen aus einem Glas zu trinken," Hajo unterstrich seine Worte noch, indem er Entrüstung spielend, die Arme weit von sich weghielt.

„Du säufst wie ein Bauarbeiter! Trinken kann man das ja wohl nicht nennen." Doch seine Augen lachten dabei, als hätte er gerade einen Witz gemacht.

Matthias fühlte sich weder beleidigt, noch getroffen. Er stellte fest, dass Hajos Mund beim Lachen winzige Grübchen zum Vorschein brachten und seine Augen im Glanz der Sonne golden glänzten. Er hat wunderschöne Augen, dachte er. Und auf diese langen Wimpern könnte man fast neidisch werden. Auch auf den Mund, der bestimmt einmal voller und runder gewesen war, aber ziemlich anziehend auf Matthias wirkte, so dass er sich wünschte...

Na ja, wünschen kann man sich viel, seufzte er innerlich.

„Bauarbeiter kommt hin. Ich bin Maurer. Warum kommt dich eigentlich niemand besuchen?" Matthias hatte sich wieder gefasst und versuchte möglichst burschikos zu wirken, als er seine Frage stellte.

„Das ist eine lange Geschichte", Hajo zögerte weiterzusprechen und wurde auf einmal sehr ernst.

Doch dann gab er sich einen Ruck und sprach den Satz, der ihn schon zahlreiche Freundschaften und seine Familie gekostet hatte: „Ich habe AIDS." Dann fügte er noch leise hinzu: „Und wenn du jetzt nichts mehr mit deinem Zimmernachbarn zu tun haben willst, dann..."

Er beugte seinen Kopf nach unten, doch Matthias sah es trotzdem. Tränen liefen Hajo über die Wangen. Verstohlen versuchte er sie wegzuwischen.

Mit einem Satz sprang Matthias hinüber zu Hajos Bett und nahm seine Hände.

„Pssst... ganz ruhig. Du glaubst doch nicht, dass ich mir wegen ein paar HIV-Viren in die Hosen mache vor Angst, oder?"

Beruhigend strich er Hajo dabei über seinen dunklen Haarschopf, der sich anfühlte wie Samt.

Wäre in diesem Moment jemand ins Zimmer gekommen, hätte man die beiden für ein Liebespaar halten können.

„Aber... ", fing Hajo an. Matthias legte ihm einen Finger auf den Mund.

„Nein, Hajo. Ich habe wirklich keine Angst. Ich habe meinen Freund vor drei Jahren an Aids verloren. Es war eine schlimme Zeit für mich. Er fehlt mir heute noch oft. Obwohl ich zwischendurch versucht habe, mich auf eine neue Beziehung einzulassen. Es hat nicht funktioniert." Plötzlich standen auch ihm Tränen in den Augen. Sie waren auf einer Welle. Hajo drückte sanft Matthias Hand und dieser erwiderte seinen Druck. Es bedurfte in diesem Moment keiner Worte. Unausgesprochen fühlten sie sich plötzlich sehr nah...

An diese Situation erinnerten sich Hajo und Matthias in den nächsten acht Jahren noch ziemlich oft.

Denn sie hatte dazu geführt, dass sich die beiden ineinander verliebten. Matthias hatte mittlerweile eine Umschulung zum Krankenpfleger gemacht, denn drei Jahre später hatte sich Hajos Gesundheitszustand drastisch verschlechtert, so dass er ständige Pflege brauchte. Zu seiner primären Krankheit war noch eine schwere Hepatitis hinzugekommen, die seine angeschlagene Leber noch mehr schädigte. Eine Niere arbeitete nicht mehr, weil sie geschrumpft war. Ab und zu bekam er jetzt epileptische Anfälle und er wurde inkontinent. Hajos Arzt hatte ihm vor sechs Jahren noch höchstens eine Lebenserwartung von drei oder vier Jahren prognostiziert. Da aber die Wirkung von wirksamen Medikamenten immer weiter und schneller vorangeschritten war, gelang es den Ärzten durch eine antiretrovirale Therapie, den HI-Virus unter Kontrolle zu bringen. So wurde die Virenlast auf einem akzeptablen Spiegel gehalten.

Im Gegensatz zu vielen anderen Leidensgenossen, hatte Hajo sehr gute Helferzellen. Das – sowie der unbedingte Zusammenhalt und die Liebe der beiden Männer hatte die Worte des Arztes von damals trotzig Lügen gestraft. Hajo lebte! Und wie!

Er ließ sich z.B. immer wieder neue Absurditäten einfallen, wie er sein Essen verschwinden lassen konnte. Er mochte einfach nicht mehr so viel essen, wie er müsste. Als wenn das alles nicht genug wäre, war vor einem Jahr noch eine bittere Diagnose hinzugekommen, die Hajo kurzzeitig in eine tiefe Depression gestürzt hatte.

Es wurde eine besondere, leider auch schon sehr fortgeschrittene Form von Demenz bei ihm entdeckt.

Alles fing ganz harmlos an. Mit Dingen, bei denen er vergaß, wo sie lagen oder bei Namen...

„Schau mal, mein Hase, wer uns besuchen kommt", rief Matthias eines Tages fröhlich und kam mit den Zwillingsschwestern Laura und Sarah auf dem Arm und seiner Schwester Conny im Schlepptau zu Hajo auf die Terrasse. Da es Hajo heute sehr gut gegangen war, hatte Matthias ihn kurzerhand aus dem Bett geholt und ihn in seinem Rolli auf die Terrasse geschoben, wo er die frische, warme Frühlingsluft genießen konnte.

Hajo hatte einen Becher Kaffee vor sich stehen und versuchte ein Kreuzworträtsel zu lösen.

„Onkel Hajo, Onkel Hajo. Lass mich runter, ich will zu Onkel Hajo!" riefen die beiden Mädchen im Chor.

Noch lachte Hajo und freute sich. Aber dann...

„Ich kann euch beide nie auseinanderhalten. Wer ist jetzt wer?", fragte er mit einem hilfesuchenden Blick zu Conny. Mit diesem kleinen Trick versuchte er gerade zu überspielen, dass er sich nicht mehr an die Namen der Zwillinge erinnern konnte.

„Ja, gibt`s denn so was? Du weißt doch, dass Laura eine kleine Narbe unter dem Kinn hat", entrüstete sich Conny mit einem Augenzwinkern.

„Lass mal Conny. Das fällt auch mir immer schwer. Bei Zwillingen ist es nun mal so, dass nur die Mutter sie am besten auseinanderhalten kann", scherzte Matthias.

Er ahnte ja nicht, dass Hajo sie nicht nur nicht auseinanderhalten konnte, sondern er krampfhaft

versucht hatte, sich an die Namen der Mädchen zu erinnern. Genauso, wie er vor ein paar Minuten beim Rätseln überlegt hatte, wie die Hauptstadt Italiens hieß.

Es waren nur drei Buchstaben, aber die wollten ihm partout nicht einfallen. Auch der Fluss, der durch Paris fließt, wollte sich in seinem Gedächtnis nicht finden lassen. Und jetzt hatte er Probleme mit den Namen der Zwillinge.

Matthias, der wohl gemerkt hatte, wie unangenehm es Hajo langsam wurde, griff wieder ein.

„Hier Hajo", damit setzte Matthias ihm eines der Mädchen auf das rechte Bein. „Nimm mir Sarah mal ab. Sie ist ganz schön schwer geworden."

„Und du, kleine Hannah, kommst auf die andere Seite." Schon saß Hannah auf Hajos linkem Bein und der lächelte die beiden Mädchen jetzt zärtlich an.

„Hallo Laura und Sarah, schön, dass ihr gekommen seid", flüsterte Hajo ihnen leise zu.

Sie hatten ihre Köpfe ganz nah zusammengesteckt und küssten ihn jeweils auf eine Wange.

„Du kleiner Genießer..." lachte Conny. Sie umarmten sich so gut es ging, zwischen den vier Ärmchen der Zwillinge hindurch, und dann setzte auch Conny sich auf einen der bequemen Gartenstühle.

Den Mädchen, denen schnell langweilig wurde auf Hajos Arm, rutschten von seinem Schoß und rannten ins Gästezimmer, wo eine Puppenstube für sie aufgebaut war.

„Wie geht es dir denn heute, mein Lieber?", fragte Conny und nahm sich eines der Plätzchen, die auf dem Tisch auf einem Teller lagen. Hajo hatte die Hand von Matthias ergriffen und liebkoste sie, indem er mit seinen Lippen kleine Küsse auf sie drückte.

„Du siehst doch, Conny, ich werde bestens von Matze versorgt. Mir könnte es nicht bessergehen", lächelte er zu ihr hinüber und nahm einen großen Schluck aus seiner Kaffeetasse.

„Deine Werte sind ok?", fragte sie hartnäckig weiter. Ihr lag die Gesundheit ihres Schwagers in spe sehr am Herzen.

„Lass uns doch über etwas Anderes reden", meinte Hajo und kleine Falten bildeten sich zwischen Nase und Stirn. Er wollte das Thema schnell wieder wechseln. Seine Krankheit war zwar da, aber am liebsten hätte er sie total ignoriert. Matthias merkte, dass Hajos Stimmung in den Keller zu rutschen drohte und versuchte das Gespräch aufzulockern, indem er den Faden aufnahm und Conny die grandiose Neuigkeit verkündete, über die er und Hajo gestern erst eine Entscheidung gefällt hatten. Er wusste, dass würde auch seinen Schatz wieder aufheitern.

„Gute Idee", meinte er. „Du weißt nämlich noch gar nicht, was mein Hase und ich geplant haben."

„Erzähl", forderte Conny ihn auf, die natürlich nicht blöd war und genau wusste, dass ihr Bruder nur ablenken wollte.

„Wir wollen heiraten! Und du, mein liebes Schwesterherz sollst eine der Trauzeugen sein.

Oder möchtest du lieber die Brautjungfer spielen?" fragte er lachend.

„Oh, was für tolle News", freute sich Conny und ihre Freude kam aus tiefstem Herzen.

„Wann ist es denn soweit? Habt ihr schon einen Termin? Ich muss unbedingt vorher noch was zum Anziehen kaufen und zum Friseur."

„Dafür bleibt dir noch genügend Zeit", lachte ihr Bruder, froh, dass er es geschafft hatte, die Atmosphäre wieder einigermaßen fröhlich hinbekommen zu haben.

„Die Hochzeit soll erst in zwei Monaten stattfinden. Da haben wir unseren Jahrestag und den können wir dann nie mehr vergessen."

„Na ja, zwei Monate gehen ja rum wie nix ", meinte Conny, „da muss ich mich echt beeilen, um etwas Gescheites in den Läden zu finden."

Nachdenklich schenkte sie sich einen Kaffee ein. Sie überlegte, ob wohl auch jemand von Hajos

Verwandtschaft eingeladen würde. So direkt traute sie sich aber nicht zu fragen.

„Du musst dir jetzt wirklich noch keine Gedanken machen, Conny. Ich will sowieso mit Hajo nächstes Wochenende nach Hamburg. Bisschen den Wind um die Nase wehen lassen. Warum kommst du nicht mit und wir gehen zusammen shoppen? Die Kids können bei deinem Lover bleiben. Sie verstehen sich doch super mit ihm, oder?" fragte Matthias.

Conny strahlte übers ganze Gesicht. Shoppen gehen mit den beiden verrückten Männern fand sie eine richtig gute Idee. Und sie kam ja sonst nicht mehr so viel raus, seitdem sie die beiden Kleinen hatte.

„Also abgemacht?" Hajo streckte ihr die Hand hin.

„Na ja, ich muss Lars erst noch fragen. Aber ich denke, das kriegen wir hin", spitzbübisch grinste sie Hajo und Matthias an.

„Wenn ihr mir ein bisschen helft, ihn zu überreden."

„Eine meiner leichtesten Übungen", lachte Hajo.

Und so traf sich am Samstagmorgen das Dreigestirn, wie Hajo die kleine Truppe scherzend nannte, am Bahnhof, um die Reise nach Hamburg anzutreten. Sie waren bester Stimmung, das Wetter spielte mit und hatte strahlenden Sonnenschein geschickt. Extra für uns, meinte Conny, die sich sehr schick angezogen hatte. Ihr weißes Designer-

Kostüm war viel zu lange nicht getragen worden, fand sie. Endlich mal wieder eine Gelegenheit! Sie wollte bei Joop, Armani und Co. ja schließlich nicht aussehen, wie ein hässliches Entlein. Auch Hajo und Matthias waren in guter Stimmung. Aufgekratzt wie schon lange nicht mehr, bat Hajo im Zugbistro, in dem sie saßen, um einen kleinen Schluck Sekt. Er wusste, dass er keinen Alkohol trinken durfte, wegen seiner Medikamente. Aber ein Schlückchen würde ihn wohl nicht gleich umbringen, meinte er. Trotz seiner Bedenken, überließ Matze ihm ein halbes Glas von seinem Prosecco. Der freute sich wie ein kleines Kind und stieß übermütig mit Conny und Matthias an.

„Auf ein schönes Wochenende, ihr Lieben. Stößchen!" Sein Toast brachte Matze und Conny zum Lachen. Die Zeit verging schnell und nach knapp einer Stunde hielt der Zug im Hamburger Hauptbahnhof.

Sie verabredeten eine Zeit und einen Treffpunkt. In zwei Stunden wollten sie sich im Coffee Fellows am Bahnhof wiedersehen, um dann nochmal gemeinsam etwas zu unternehmen.

Während Conny sich zu den Taxiständen begab, schob Matthias den Rollstuhl von Hajo an einen Zeitschriften- und Zigarettenladen.

„Ich brauch noch Zigaretten, Schatz. Kann ich dich einen Moment hier parken oder möchtest du mit rein?", fragte Matthias während er sich zu Hajo niederbeugte und ihm einen Kuss auf die Wange gab. Die Gänge in diesen Läden waren sehr knapp bemessen, weswegen Hajo es meist vorzog, draußen zu warten.

„Nö Matze, ich halte hier die Stellung. Beeil dich einfach..." antwortete Hajo wie erwartet. „Bring mir ein Kreuzworträtsel mit."

„Na gut, dann springe ich jetzt eben schnell rein. Bis gleich, mein Herz und lass dich nicht klauen."

Mit diesen Worten verschwand Matthias im Laden, nicht ahnend, dass er kurze Zeit später fassungslos darüber sein würde, dass Hajo verschwunden war.

Da Matthias in einer etwas längeren Schlange an der Kasse stand, war es Hajo langweilig geworden. Er versuchte Matze darauf aufmerksam zu machen, dass er nach draußen vor die Türe fahren wollte, aber seine Signale kamen nicht an. Matze war zu sehr damit beschäftigt, sich durch ein Männermagazin zu blättern, während er anstand. Was soll´s, dachte sich Hajo, es sind ja nur ein paar Meter bis zum Haupteingang. Wenn ich mich gut sichtbar platziere, wird er mich nicht übersehen können. Dann rollte er los. Er genoss die warmen Sonnenstrahlen und atmete tief ein, als er draußen stand.

Fünf Meter weiter stritten sich zwei Möwen um ein Brötchen. Es sah lustig aus. Hajo rollte näher heran, um ihnen zuzusehen. Der Boden war leicht abschüssig. Er überlegte, ob er die Bremsen betätigen sollte. Aber gleichzeitig fühlte es sich so gut an, wie er schnell und leicht dahin rollte, ohne dass er seine Arme anstrengen musste!

Er hatte die Möwen und ihr Brötchen schon lange hinter sich gelassen und fuhr weiter und weiter den breiten Gehweg hinunter. Hajo fühlte sich glücklich wie lange nicht mehr. Sonst meist ans Haus gefesselt, kam es ihm vor wie ein Befreiungsschlag.

Darüber vergaß er Matthias, ihr gemeinsames Vorhaben und überhaupt…alles.

Er fand sich wieder vor der Lindenstraße Nr. 15. Einer Seitenstraße vom Steindamm. Wie er dorthin gefunden hatte, wusste er nicht. Aber was er genau wusste, war, dass dort seine Eltern lebten und er hineinwollte.

„Kann ich Ihnen helfen, junger Mann?" Eine Frau, die einen Kinderwagen vor sich hergeschoben hatte, blieb bei ihm stehen und sah ihn fragend an.

„Bitte könnten Sie bei Borowski klingeln. Ich komme nicht ran."

„Das sollte kein Problem sein", lächelte sie und hatte im gleichen Moment ihren Finger auf dem Knöpfchen. „Wollen Sie die alten Leute besuchen? Da werden sie sich aber freuen. Um die kümmert sich ja seit Jahren keiner mehr."

Hajo wunderte sich über ihre Worte. Wie, seit Jahren? Heute Morgen hatten sie noch alle vier am Frühstückstisch gesessen und über das Geburtstagsgeschenk für Tante Liselotte nachgedacht, die in ein paar Tagen 80 wurde. Seine Eltern, sein Bruder und er. Na ja, sie verwechselt da wohl was, dachte er. Der Türdrücker wurde betätigt und sie hielt ihm hilfsbereit die Türe auf. Darum verzichtete er darauf, es richtig zu stellen. „Vielen Dank auch", rief er ihr über die Schulter noch zu und befand sich auch schon am Fahrstuhl.

Drinnen drückte er den Knopf für das siebte Stockwerk und der Aufzug setzte sich in Bewegung. Es ruckelte ein bisschen, als er wieder anhielt. Dann öffnete er die Aufzugtüre und setzte seinen Rolli in Bewegung. Hajo fuhr den kleinen Gang entlang bis zur Wohnung seiner Eltern. Er wunderte sich darüber, dass vor der Türe eine ältere Dame stand und nicht seine Mutter. Vielleicht Besuch, dachte er. Aber trotzdem... Mama schickte doch nicht ihre Gäste zur Türe, um zu öffnen. Das hatte sie noch nie getan. Außer, wenn sie vielleicht krank wäre. Hajo machte sich sofort Sorgen. Dann müsste es aber schon sehr schlimm sein.

„Ist was mit Mama?", fragte er die Frau, die immer noch an der Türe stand und ihn irritiert anstarrte, während er ihr entgegen rollte.

Dann klingelte auf einmal sein Handy. Er ignorierte es, weil die Frau ihm noch keine Antwort gegeben hatte.

Das Handy klingelte weiter.

Nun standen sie sich gegenüber.

„Bitte lassen sie mich durch, ich will sehen, was mit ihr ist." Sein Tonfall war dringlicher geworden.

Da öffnete sich ihr Mund und ganz leise vernahm er ihre Stimme, die stockend fragte:

„Hans-Joachim...? Bist du es wirklich...?" Und dann nach einer kleinen Pause: „Erkennst du mich denn nicht? Ich bin´s doch... deine Mutter."

Tränen standen ihr in den Augen. Das Handy klingelte permanent weiter. Der Ton wirkte schrill und fordernd. In der lauten Kakophonie des Straßenlärms hatte Hajo es nicht wahrnehmen können. Jetzt dafür umso intensiver. Es störte ihn. Er nahm es aus seiner Hosentasche und drückte den lästigen Anrufer weg. Zehn Anrufe in Abwesenheit registrierte er noch nebenbei.

Jetzt hatte die alte Dame den Weg freigemacht und die Türe weit geöffnet, damit er hineinfahren konnte. "Komm herein, mein Junge."

Endlich, dachte Hajo. Sie ist wohl ein wenig senil. Hält mich für ihren Sohn. Der hieß wohl zufällig genauso wie er.

„Wo ist sie?", fragte er und rollte den breiten Gang an der Garderobe vorbei, auf das Wohnzimmer zu. Hajo kannte sich hier sehr gut aus. Er zog im vorbeirollen seine leichte Windjacke aus und legte sie auf den Garderobenschrank. Dann stand er mit seinem Rollstuhl im Wohnzimmer.

Sein Vater saß wie immer, mit einer Zeitung in der Hand auf dem Fernsehsessel und las. Als er ihn hereinkommen hörte, legte er sie auf seinen Schoss und starrte Hajo an wie ein Gespenst.

Hajo starrte zurück. Er war irritiert. DAS WAR NICHT SEIN VATER. Wer hatte hier alles auf den Kopf gestellt? Es war die gleiche Wohnung, es waren dieselben Möbel, aber die Menschen hier waren falsch. Langsam machte sich Panik in ihm breit. Da klingelte wieder sein Handy. Dieses Mal nahm er den Anruf entgegen.

„Hajo! Wo steckst du verdammt?! Ich mache mir die größten Sorgen um dich. Ist alles in Ordnung? Warum bist du nicht ans Handy gegangen?! Sag mir bitte, wo du bist. Ich komme sofort zu dir."

Diese Stimme kannte er. Matthias. Aber warum hatte er sich Sorgen gemacht? Da er im Moment aber ziemlich neben sich,- und nicht verstand, was die beiden alten Menschen in der Wohnung seiner Eltern machten, gab er ihm schnell Auskunft darüber, wo er sich aufhielt.

„Ich bin zuhause, Matze. Komm bitte schnell. Irgendwas geht hier vor...", dabei streiften seine Augen unruhig im Zimmer hin und her und blieben auf dem Gesicht der alten Dame hängen.

„Wie, du bist zuhause? Das kann doch nicht sein! Du bist doch wohl noch in Hamburg, oder? Mach mich nicht wahnsinnig!" Matthias Stimme überschlug sich beinahe am Telefon.

Dabei hatte Hajos Arzt ihn eindringlich davor gewarnt, dass so etwas passieren könnte und er dann die Ruhe bewahren müsste.

Das war nun wieder ein neuer Schub. Die nächste Stufe der Demenz. Es wusste, jetzt würden sehr harte Zeiten auf ihn zukommen. Aber er würde für Hajo da sein. Immer. Bis zu seinem Tod. Das hatte er sich geschworen.

„Ich verstehe das alles nicht, Matze." Tränen lösten sich aus Hajos Augen und er ließ die Hand mit dem Telefon auf seinen Schoss sinken.

Seine Mutter ging auf ihn zu und nahm in in den Arm. „Es tut mir so leid, mein Junge", sagte sie und weinte mit ihm.

„Ich verstehe das ja auch alles nicht. Aber ich bin so froh, dass ich dich wiedersehe. Auch wenn du ein Problem damit hast, mich zu erkennen. Wir haben uns ja so lange nicht mehr gesehen."

Eine barsche Stimme erklang aus dem Fernsehsessel.

„Er soll hingehen, wo er hergekommen ist, Mutter. Du siehst ja, wohin diese Krankheit ihn gebracht hat. Sein Verstand ist weg. Scheint eine klebrige Hohlraumversiegelung zu sein, dass er noch nicht mal mehr weiß, wer seine Eltern sind!"

Mit angewidertem Gesichtsausdruck wandte sein Vater den Blick von ihm ab und nahm seine Zeitung wieder auf.

Gottseidank erinnerte sich Matthias daran, wo Hajo früher in Hamburg gewohnt hatte. Während er am Telefon den Gesprächsverlauf mitverfolgen konnte, weil Hajo immer noch sein Telefon in der Hand auf seinem Schoß hielt und nicht aufgelegt hatte, hatte er in einem Taxi Platz genommen und dem Fahrer die Adresse genannt. Es tat ihm in der Seele weh, wie der alte Mann Hajo behandelte. Und so was nennt sich Vater, entrüstete er sich laut.

Der Fahrer drehte sich kurz zu ihm um, aber Matthias winkte nur ab und lauschte weiter in den Hörer hinein.

„Jetzt hör doch auf, Alfred!", hörte er, wie Hajos Mutter ihre Stimme erhob. „Du mit deiner Homophobie hast ihn doch aus dem Haus getrieben! Ich habe meinen Jungen immer vermisst. Aber ich durfte ja keinen Kontakt zu ihm aufnehmen. Ich schwöre dir eins: Das hat jetzt ein Ende!"

Im Laufe der Zeit hatte sich das Aussehen seiner Eltern natürlich verändert. Deshalb hatte Hajo sie nicht erkannt.

Aber diese Stimme... und den Geruch, den seine Mutter ausströmte, den er immer so geliebt hatte...

Er war zwar immer noch verwundert und durcheinander, aber trotzdem war ihm jetzt danach, sich an sie anzuschmiegen und alles in diese Hände zu legen, die seinen Kopf hielten und ihn streichelten.

Matthias kam ja gleich und alles würde gut werden...

Miris schwarze Herbstsonate - Eine Drogengeschichte

Lucky saß in seinem Auto und konnte es noch immer nicht fassen. Miri war tot. Erst jetzt, nach der Beerdigung, war es ihm so richtig bewusstgeworden.

Diese Scheissdrogen! Sie hätte die Finger davonlassen sollen. Und er war mit daran schuld, dass es soweit

kommen musste!

Darum kreisten seine Gedanken. Er erinnerte sich nur zu gut.

***

Es war Ende November gewesen und es hatte geschneit. Viel zu früh für diese Jahreszeit.

Sie fuhren in Luckys Wagen auf der Autobahn, die neu gebaut wurde. Ganz plötzlich war sie zu Ende. Es gab rechts einen kleinen Feldweg. Lucky bog dort ein. Miranda, die auf dem Rücksitz saß, wurde herumgeschleudert. Sie wollte sich nur in Ruhe eine Nase ziehen und hatte gedacht, dass sie da mehr Platz für ihre Utensilien hätte. Jetzt presste sie die Hände an das Autodach, um sich einigermaßen im Gleichgewicht zu halten.

Je weiter sie fuhren, desto mehr verblassten die Lichter der Stadt und dann sah man auf einmal nur noch Schnee.

Kilometerweit. Glänzenden, glitzernden Schnee, der im Licht der Scheinwerfer bläulich leuchtete.

Ähnlich einer Mondlandschaft, mit kleineren Erhebungen und Kratern.

Als befände man sich im Weltraum oder verloren auf einem anderen Planeten. Es gab hier Nichts. Keine Häuser, keine Bäume - überhaupt keine Vegetation.

"Was machen wir hier?!", schrie Miranda wütend von ihrer Rückbank.

Aber Lucky war so stoned, dass er ihren Zorn nur mit einem müden Lächeln bedachte und dann anfing mit einem seiner Gesänge, die für Miranda keinen Sinn machten, ihm aber viel Spaß. Lucky nannte das Hiphop. Musik, die ihr überhaupt nicht gefiel.

Merkwürdigerweise liebte sie klassische Musik. Sonaten. Nicht Luckys Welt.

"Wir sind nicht mehr weit weg. Gleich gibt's das allerfeinste Crack..."

Er lachte und schaute in den Rückspiegel. Das würde Miri aber jetzt gefallen, auch wenn es keine Sonate war. Diese Strophe ist der Burner, dachte er.

Und ja, sie umarmte ihn von hinten und küsste ihn aufs Ohr. Sie schnurrte wie ein Kätzchen dabei: "Du bist der Beste, Baby. Ich liebe dich."

Dann war die Höllenfahrt über den holprigen Weg zu Ende. Lucky hatte vor einer alten Scheune angehalten, die urplötzlich aus dem Nirgendwo aufgetaucht war.

Lucky parkte direkt vor dem großen Scheunentor, öffnete Miranda die Tür und gemeinsam gingen sie dicht aneinander gekuschelt hinein.

Jemand hatte Sitzgelegenheiten und einen alten Ofen besorgt, Der spendete ein wenig Wärme. Drei Leute saßen auf einem alten Sofa vor dem Ofen und ein anderer Junkie hatte sich in einen Ledersessel gefläzt, der zwar überall brüchig und zerkratzt, aber ansonsten robust erschien.

Und dann geschah das, was Lucky sich bis heute jeden Tag vorgeworfen hatte. Sie wurden zu einer Sitzgruppe gerufen, wo zwei weitere Typen saßen und von denen einer jetzt mit seinem Crackpfeifchen winkte.

Bisher hatte Lucky alle Bitten von Miranda abgelehnt, wenn es um Crack ging. Doch letztens war sie so wütend geworden und hatte ihn angeschrien, dass sie sich das Zeug auch allein besorgen könnte, wenn sie wollte.

Er wollte auf keinen Fall, dass sie das tat! Auf gar keinen Fall! Wer weiß, was die Dealer ihr für einen Mist andrehen würden. Und so hatte er ihr eine Überraschung versprochen, wenn sie nur noch ein paar Tage durchhalten würde. Dass sie schwer Heroin-, und Koksabhängig war, bedrückte ihn sehr. Eine Therapie wolle sie nicht mehr machen. Zwei hatte sie einfach abgebrochen. Eine Dritte war ihr nicht mehr bewilligt worden.

"Hi Alter", grüßte ihn der mit dem Pfeifchen. Er hatte eine schwarze Lederhose an und sein Oberkörper war nackt. Ihm war nicht kalt. Ihm war schon lange nicht mehr kalt gewesen. Nur wenn er auf Turkey war, fing er übelst an zu bibbern.

"Auch eine?"

Lucky winkte ab. "Ne, danke. Aber meine Freundin hier würde gerne", damit deutete er mit dem Kopf auf Miranda, welche die Situation natürlich schnell erkannt und jetzt ihren Mund zu einem hoffnungsvollen Lächeln verzogen hatte.

"Jo, Mann, sagte sie", und löste sich aus Luckys Arm, der sie bis dahin umschlungen hatte und setzte sich neben Lederhose.

Lucky nahm neben ihr Platz, griff sich ein Bier, wovon einige Dosen auf dem Tisch standen und sah zu, wie das Crack für Miri in eine kleine Pfeife gestopft wurde.

"Wenn du willst, kannst du auch spritzen. Was ist dir lieber?" Er hieß Angel, ein grotesker Name für jemanden, der ihr gerade den Weg in den sicheren Tod bereitete.

Andererseits... vielleicht kam sie ja damit klar. Er kannte allerdings keinen, der auf Crack war und davon erfolgreich entzogen hatte. Miri nahm die Pfeife, die er ihr reichte und zündete sie an. Das war ihre Antwort.

Ihre Arme, Beine und Füße waren mittlerweile dermaßen zerstochen und vernarbt, dass sie auf Spritzen gut verzichten konnte. Darum war sie auch so heiß auf Crack gewesen. Das konnte man rauchen. Sie nahm einen tiefen Zug, dann noch einen und plötzlich verdrehte sie die Augen. "Was ist mit ihr?" Lucky war nervös aufgesprungen.

"Erstes Mal?", kam die Gegenfrage von Angel.

"Ja, verdammt! Mach was, sonst geht sie vielleicht Hopps" schoss es aus Lucky heraus.

Lederhose zog die Augenbrauen ironisch hoch und lächelte.

"Bleib locker, Mann. Beim ersten Mal ist es oft so, dass einem der Kreislauf wegsackt. Ungefähr wie beim ersten Kiffen. Du erinnerst dich? Oder war bei dir sofort alles easy?" Ohne eine Antwort abzuwarten, redete er weiter. "Mach dir keine Sorgen, das gibt sich gleich wieder."

Lucky schaute skeptisch in Miris Gesicht. Aber tatsächlich - nach knapp zwei Minuten, in denen er sich die allergrößten Sorgen um sie gemacht hatte, war sie wieder da.

Von dem Tag an war sie nie wieder Dieselbe gewesen.

Ok, sie hatten sich getrennt. Er hatte gerade noch den Absprung geschafft, bevor die Drogen endgültig Macht über ihn bekamen. War bei seinem Onkel in der Firma als IT-Spezialist untergekommen. Und dafür brauchte er einen klaren Kopf.

Miri hatte immer wieder versucht, ihn zu überreden, doch mal wieder einen Bong zu rauchen und ständig wollte sie sich Geld von ihm leihen. Irgendwann war es ihm einfach zu viel geworden. Er hatte sie wirklich geliebt, aber er wollte sich von ihr nicht weiter in den Sumpf hineinziehen lassen. Sein Vater war Alkoholiker. Er kam auch nicht von der Flasche los.

Darum glaubte er Miri auch nicht, dass sie immer wieder beteuerte, dass sie bald wieder einen Entzug machen wollte und dann alles anders würde.

Sie warte nur auf die Bewilligung. Alles Lüge, wie er später erfuhr.

Hätte er nicht seinen Onkel und seine Tante gehabt, die sich auf einmal ganz rührend um ihn gekümmert hatten, als Mama gestorben und Vater mal wieder in einer Entziehungskur war, wer weiß, was dann aus ihm geworden wäre. Das wollte er den beiden nicht antun. Sie zu enttäuschen hätte ihm sehr weh getan.

***

Er fand es lieb von Miris Mutter, dass sie ihm ihr Tagebuch übergeben hatte. „Miri hat immer gesagt, dass du es bekommen sollst, wenn ihr mal etwas passiert", brachte sie unter Tränen hervor, als sie Lucky nach der Beerdigung traf.

Und jetzt saß er in seinem Auto und hielt es in den Händen. Erst überlegte er, nach Hause zu fahren. Aber dann entschied er sich anders. Er fuhr zur alten Fabrik mit dem verwilderten Park, wo sie sich das erste Mal getroffen hatten, stieg aus und setzte sich unter den Baum, den Miri immer so geliebt hatte, weil er so viel größer und stärker war, als sie...

Jetzt im Herbst waren seine Blätter schon alle abgefallen. Aber er sah immer noch imposant aus.

Er schaute in den Himmel, wie sie es so oft gemeinsam getan hatten und dachte darüber nach, ob sie jetzt wohl ein Engel war. Das hatte Miri sich so vorgestellt. Wenn jemand stirbt, wird er ein Engel und beschützt die Menschen, die es nicht alleine schaffen, in der Welt zurechtzukommen.

Nachdem er eine Zeitlang den Wolken hinterher gesehen hatte, die vorüberzogen, nahm er ihr Tagebuch wieder in die Hand und fing an zu lesen...

***

10.April 1998

Liebes Tagebuch!

Ich muss das endlich mal loswerden. Kann ja sonst mit keinem darüber sprechen. Heute, an meinem 16. Geburtstag habe ich das erste Mal mit den Mädels einen echten Joint geraucht! Halleluja, das war vielleicht ein tolles Gefühl! Ok, das Rauchen selber fand ich nicht so schön. Der ganze Qualm muss aber leider erst mal in die Lunge, damit man überhaupt eine Wirkung spürt. Ich habe viel gehustet und die anderen haben gelacht. „Little Bing bong" haben sie mich genannt.

Ich war ganz gespannt auf die Wirkung. Erst wurde mir ganz komisch und als ich aufstehen wollte, fühlten sich meine Knie an, wie als wenn ich Pudding da drin hätte.

Aber dann nach einer Weile fühlte ich mich total leicht und entspannt. Auf einmal musste ich über jeden Scheiss lachen. Ein T-Shirt von meiner Freundin hatte es mir besonders angetan. „Hello Kitty" auf der Vorderseite und auf der Rückseite „Superman". Ich habe ihr zugerufen, dass sie sich mal im Kreis drehen soll. Als sie sich drehte wie verrückt, hatte ich das Gefühl, dass sie gleich vom Boden abhebt, Superman mit Kitty verschmilzt und dann beide hoch am Himmel tanzen. Mein Bauch tat schon so weh vor lauter Lachen, aber ich konnte einfach nicht aufhören. Laura-Sofie sagte mir dann, dass ich einen Lachflash hätte. Und die anderen kriegten sich auch nicht mehr ein vor Lachen, als ich ihnen erzählte, welcher Film da gerade bei mir abging. Es war wirklich ein schöner Geburtstag. Jetzt freue ich mich schon ganz doll auf das nächste Mal. Ja, ich weiß, man muss mit Drogen vorsichtig sein. Aber mir passiert schon nichts. Ich werde es unter Kontrolle behalten, das schwöre ich. Deine Miri

November 1998

Liebes Tagebuch,

ich bin verliebt. Er heißt Lucky. Das ist natürlich nur sein Spitzname. Aber er passt so gut zu ihm!!!

Lucky ist immer gut drauf und bringt mich zum Lachen. Wenn wir zusammen einen Joint rauchen, kugeln wir uns immer auf dem Boden vor Lachen. Er hat mich schon geküsst. Das darf aber außer dir keiner wissen. Er findet mich hübsch, sagte er. Ok, ich habe ziemlich langes, blondes Haar, auf das ich sehr stolz bin und Mutti meint, ich hätte ein Puppengesicht. Aber so oben 'rum ist fast noch gar nichts zu sehen. Darum stopfe ich mir manchmal auch Taschentücher in meinen BH.

Mutti würde im Dreieck springen, wenn sie das alles erfahren würde. Ich soll mich schließlich auf die Schule konzentrieren und nicht auf Jungs. Ja, so sind die Erwachsenen. Wissen immer alles besser. Mir geht das echt auf die Nerven. Aber wenn ich mit Lucky kiffe, dann vergesse ich alles und schon geht's mir besser.

Wir kiffen auch nicht so viel. Also ich nicht. Lucky ist ja schon etwas älter. Mit 18 gibt man sich mit

Joints auch nicht mehr zufrieden, habe ich herausgefunden. Lucky raucht Bongs!

Das will ich auch mal probieren. Aber jetzt fühle ich mich noch zu jung dafür. Obwohl... ich bin ja schon 16 ½

Mutti ahnt glaube ich was. Ich solle auf mich aufpassen. Ja, ja... werde ich schon. Deine Miri

02. Januar 1999

Liebes Tagebuch,

Silvester hat eigentlich ganz gut angefangen.

Ich war mit Laura-Sofie und Lucky auf einer Goa-Party! Vorher haben wir uns bei Lucky zuhause noch einen Bong geraucht. Ja, ich weiß. Ich bin ja eigentlich noch zu jung. Aber ich habe es ja im Griff. Mittlerweile kann ich schon eine Menge vertragen.

Ach ja, ich gebe Lucky jetzt immer etwas von meinem Taschengeld. Er kann ja nicht immer alles für mich mitbezahlen. Das Zeug ist teuer. Lucky will es zwar nicht, doch ich bestehe darauf.

Auf jeden Fall waren wir auf dieser Goa-Party und da haben mir ein paar Mädchen aus der Oberstufe, die ich durch Lucky kennengelernt habe, Speed angeboten.

Einige nennen es auch Pep. Lucky hat immer gesagt, dass man von so was die Finger lassen sollte. Also habe ich es abgelehnt. Als ich rausging, habe ich sie kichern gehört und wie sie sagten, dass ich noch ein Baby wäre. Gemeinheit. Ich kannte mich doch schon so gut mit Drogen aus. Aber sie hatten ja auch ein bisschen recht. Speed hatte ich noch nie probiert. Als ich das nächste Mal aufs Klo musste, standen wieder zwei von den Mädels da und ich bin einfach ganz cool hingegangen und habe sie gefragt, ob sie nicht was für mich hätten.

Erst haben sie mich ganz blöd angeguckt. Doch dann hat Kessy, die dünne Blonde, in ihre Jackentasche gegriffen und mir ein winziges Päckchen in die Hand gedrückt. Ich sollte aber aufpassen, dass ich mir hinterher gut die Nase abwische. Da ich nicht wusste, wie man das Zeug nimmt, ging ich erst mal zum Waschbecken und wusch mir die Hände. Ich wusste nicht, ob ich sie fragen sollte oder nicht. Wollte auch auf keinen Fall, dass sie nochmal „Baby" zu mir sagen.

Da winkte Kessy mir zu, ich solle mitkommen. Sie schlenderte lässig zu einer Toilette, hielt die Türe auf und ihre Freundin ging hinein. Ich beeilte mich damit ihr hinterher zu kommen und dann schloss Kessy ab.

Ich musste sie nicht fragen... gottseidank. Kessy nahm einen Geldschein und rollte ihn ganz eng zusammen. Dann schüttete sie ein bisschen von dem Speed auf den Klokasten und schob ihn mit ihrer Bankkarte zu einem ganz dünnen Strich zusammen. Sie nahm das dünne Geldröhrchen, hielt sich mit der einen Hand das linke Nasenloch zu und zog mit dem anderen Nasenloch das Speed in ihre Nase.

Dann schob sie wieder alles zusammen zu einer Linie und wiederholte das Gleiche mit dem rechten Nasenloch. Zum Schluss strich sie mit dem Finger über den Klokasten und leckte sich den Finger ab. Ich hatte sehr gut aufgepasst, aber jetzt war erst mal ihre Freundin dran. Inzwischen hatte ich meine Geldkarte und einen Schein aus meinem Portemonnaie gekramt, damit ich es ihnen nachmachen konnte.

Als ich endlich dran war, bin ich doch etwas nervös geworden. Ich kannte die Wirkung ja nicht. Ein

bisschen hatte ich schon Angst davor. Aber die Mädels waren so gut drauf und konnten die ganze Nacht durch-

machen, ohne dass sie müde wurden, hatten sie mir erzählt. Das wollte ich auch. Denn gerade Silvester hatte ich keine Lust, schon um Ein Uhr ins Bett zu gehen. Gut, dass ich Mutti und Paps erzählt hatte, dass ich bei Laura-Sofie schlafe.

Die Wirkung trat so ungefähr nach einer Viertelstunde ein. Damit hatte ich gar nicht gerechnet. Wenn ich kiffe, dann kommt der Kick immer langsam, bleibt eine Weile und ich kann später nach dem Fresskick, den ich leider jetzt jedes Mal anschließend bekomme, super gut einschlafen.

Ich habe durch die Süßigkeiten auch ganz schön zugenommen. Aber was soll´s!? Ich wachse ja noch. Dann hebt sich das wieder auf, meint Lucky.

Ich war tatsächlich noch lange nach ein Uhr voll fit, wobei beim Reden die Sätze schneller aus mir

heraussprudelten, als mein Gehirn folgen konnte. Ich glaube, ich habe viel dummes Zeug geredet. Wir gingen dann noch mit mehreren Leuten mit zu Lucky nach Hause, der sich schon sehr auf seinen Bong freute Auch die Mädels, die mir das Pep gegeben hatten, waren mit dabei. Normalerweise hätte ich mich zurückgehalten, da ich da nie lange mit Lucky mithalten konnte und sehr schnell platt war, nach einem Bong. Doch auf Pep konnte ich gar nicht genügend Köpfchen rauchen! Was zur Folge hatte, dass wir unglaublich „breit" wurden, wie wir das unter uns nennen. Es fühlte sich sehr gut an. Wir Mädels hatten die krassesten "Lach-Flashs". Stundenlang lachten wir über Alles und Jeden und ich war so gut drauf, wie seit meinen Kiffer-Anfangstagen nicht mehr. Das Pep hielt mich fit und es machte mich ein wenig neidisch, dass Lucky das gar nicht brauchte und ihm sein Bong genügte.

Wir haben bis morgens um 6 Uhr durchgemacht. Am späten Nachmittag wachte ich auf und war sofort hellwach, wenn auch körperlich irgendwie ziemlich daneben. Ich glaube, ich brauche diese Erfahrung nicht noch einmal...Mit Gras komme ich viel besser klar.

Deine Miri

10.April 1999

Liebes Tagebuch!

Yippie! Heute werde ich 17! Und Party ist angesagt. Wobei ich noch nicht weiß, bei wem und wo sie stattfinden wird. Es soll eine Überraschungsparty für mich werden. Dann lasse ich mich mal überraschen. Zuhause feiere ich auf jeden Fall nicht. Mutti hat Kuchen gebacken. Ok, dazu lasse ich mich gerade noch hinreißen, aber danach bin ich weg. Ich freue mich!!!

Deine Miri

November 1999

Liebes Tagebuch!

Ich habe dir ja schon lange nicht mehr geschrieben. Das letzte Mal war es an meinem Geburtstag.

Natürlich hatte Lucky die Party für mich organisiert! Er ist ja sooooo süß!!! Und auch, wenn er erst nicht wollte, hat er später doch mit uns ein paar Bahnen gezogen.

Aber Speed oder Pep ist was für Säuglinge. Seit ich mit Jana und Konga Koks geraucht habe, gibt es für mich nichts Besseres mehr! Das Zeug ist leider verdammt teuer. Aber bis jetzt hat Mom noch nicht gemerkt, dass ich ein paar Ketten von Oma und einen Ring aus ihrem Schmuckkasten genommen habe. Man kann es sich durch die Nase ziehen, oder rauchen. Da ich immer so schnell Nasenbluten bekomme, ziehe ich es vor, es zu rauchen. Aber ab und zu geht auch mal 'ne Bahn. So wie gestern. Ich muss jetzt leider immer viel Vitamin C-Tabletten einnehmen. Habe nämlich nicht mehr so viel Appetit und gottseidank auch keine Fressanfälle mehr, wie früher, als ich noch die Bongs geraucht habe. Abgenommen habe ich auch! Koksen ist einfach geil!

Deine Miri

27.Dezember 1999

Liebes Tagebuch,

bin Zuhause abgehauen. Ich habe diesen ständigen Druck nicht mehr ertragen. Jeden Morgen derselbe Scheiß.

Aufstehen, zur Schule gehen, denk an deine Zukunft Kind, lern´ erst mal was Richtiges, dann kannst du auch feiern gehen, usw. Mir ging das so was von auf den Keks!

In ein paar Monaten bin ich Achtzehn und dann können sie mir sowieso nichts mehr sagen. Ich bin so froh hier aus dem fucking Elternhaus rauszukommen, das kannst du dir gar nicht vorstellen.

Jetzt wohne ich erst mal bei Lucky. Uns geht's im Moment nicht so gut. Er hat die Schule geschmissen und keinen Job. Ich habe auch keinen Bock mehr auf die scheissfucking Schule und habe mich erst mal krankschreiben lassen.

Deine Miri

16.April 2000

Liebes Tagebuch,

es ist schon komisch. Erst wollte ich ja nur mal einen Joint rauchen. Dann habe ich Speed probiert und Koks. Aber jetzt habe ich mich vor kurzem von Pepe, der ein Freund von Lucky ist, überreden lassen, Pilze zu nehmen. Es kratzt nicht so im Hals, hat er gemeint und wenn man sich unter Kontrolle hat, wird man auch nicht abhängig. Da er ja Erfahrung mit sowas hat, wollte ich es wenigstens mal ausprobieren. Er machte den Trip klar, dann setzten wir uns jeder in einen Sessel und warteten ab.

Kurz darauf traten bei mir, wie Pepe es mir schon erzählt hatte, Halluzinationen auf.

Die Zimmerdecke begann sich wie ein Meer wellenförmig zu bewegen. Pepes Zimmer begann zu schwanken und schien nicht mehr im Gleichgewicht zu sein, sondern war irgendwie total lang wie ein Schlauch und gleichzeitig abschüssig wie ein Berg. Diese Phase ließ aber schon bald wieder nach und ich glaubte erst, damit wäre alles schon vorbei.

Jedenfalls dauerte es nicht lange und ein Gefühl des Glücks kam in mir auf. Es schien sich wie eine Welle über mir auszubreiten, so gewaltig, wie ich es noch nie erlebte. Ich hatte einen unglaublichen Drang zu lachen und wurde fast von diesem Glücksgefühl erdrückt. Es schien als wären bei mir alle Glückshormone gleichzeitig ausgeschüttet worden. Ich wusste überhaupt nicht wohin mit all diesen Gefühlen.

Das war gleichzeitig auch das letzte positive Gefühl dieses Trips.

Danach brach buchstäblich die Hölle über mich herein. Mein Gehirn wurde richtig bombardiert mit Geräuschen und Gedanken. Ich kann mich an keine Bilder erinnern, nur, dass ich eine Art Tunnelblick hatte und alles verzerrt erschien. Es fühlte sich an, als würde jemand mein Gehirn von allen Seiten mit einem Hammer bearbeiten. Ich hatte komplett die Kontrolle verloren, konnte mich auf nichts konzentrieren. Zwischen Eindrücken von allen Seiten konnte ich Sekundenweise kurze klare Gedanken fassen, die sogleich wieder abgelöst wurden durch Töne. Töne, die ich aber nicht über meine Ohren wahrnahm, sondern die in meinen Kopf tobten. Alles was auf mich einstürzte, sah ich oder hörte ich nicht, sondern es passierte in meinem Gehirn.

Ich hatte fast das Gefühl verrückt werden. Irgendwann fielen mir Geschichten über Leute ein, die nicht mehr vom Trip runterkamen. Da habe ich solche Panik bekommen und wollte alles so schnell wie möglich irgendwie loswerden.

Aber wie? Ich rannte ins Bad und schloss mich ein. Es gelang mir nicht, mich zu übergeben, was meine Panik steigerte. Es war ja jetzt schon in meinem Blut. Das mit dem Kotzen konnte ich also vergessen. Ab und zu hatte ich klare Momente, aber die wechselten sich ab mit panikartigen. Ich lief in Pepes Wohnung herum, schaltete alle möglichen Geräte, die da rumstanden ein und wieder aus und wieder ein und wieder aus und wusste nicht, was ich tun sollte.

Pepe war im Gegensatz zu mir, ganz in sich zusammengesunken und lag halb auf seinem Sessel. Seltsamerweise wusste ich, dass es „da draußen" noch eine Welt des „normalen Geisteszustandes" gab, gleichzeitig dachte ich, dass ich selbst jetzt gerade verrückt werden würde und ich war überzeugt, ich würde nie mehr normal werden und wohl den Rest meines Lebens in der Psychiatrie verbringen müssen. Gottseidank war dieser Trip irgendwann doch zu Ende. Also Pilze werde ich nie wieder nehmen, das schwöre ich.

Deine Miri

4.November 2005

Liebes Tagebuch,

ich habe keinen Bock mehr. Weißt du wie ich aussehe? Alt! Uralt! Und überall Pickel, Entzündungen und meine Haut ist an einigen Stellen aufgeplatzt. Dann finde ich fast schon keine Stelle mehr, in die ich mich spritzen kann.

Ja, ich weiß. Ich habe immer gesagt, ich werde das alles schon unter Kontrolle behalten.

Woher sollte ich denn wissen, dass es wirklich so schnell geht, wenn man einmal mit Crack angefangen hat? Dabei hatte ich doch damals den Film mit Christiane F. gese-

hen, "Wir Kinder vom Bahnhof Zoo" und war voll abgeturnt. Ich wollte niemals etwas mit Drogen zu tun haben.

Und jetzt? Ich wiege nur noch 45 Kilo und auf dem Straßen-Strich schubsen sie mich weg, wenn ich da anschaffen will.

Aber auf dem Strich für Junkies verdiene ich doch nichts!!! Wenn einer überhaupt noch bezahlt...

Männer sind Schweine, liebes Tagebuch. Aber Frauen auch, das kann ich dir sagen. Als ich letztens wieder unter der Corunius-Brücke geschlafen habe, zusammen mit Luna und Patty, war am nächsten Morgen meine letzte Flasche Wein weg, die ich extra versteckt hatte.

Wenn ich mir heute wieder kein Crack kaufen kann, dann stelle ich mich noch einmal in den S/M-Park und lasse mich benutzen. Da springt die meiste Kohle raus. Hauptsache, ich kriege das Geld zusammen für meine Pfeife.

Und dann ist Schluss.

Es wird meine Letzte sein.

Warum? Warum? Warum?

Warum konnte ich meine Finger nicht von den Scheiss-Drogen lassen?!!!

Egal.

Im Himmel brauche ich keine Drogen mehr...

Liebes Tagebuch, es ist 23.55 Uhr. Die perfekte Zeit für den perfekten Abgang.

Und, Mom, wenn du das hier liest, mach dir keine Vorwürfe. Es war nicht deine Schuld.

Verzeih mir bitte. Mein letzter Wunsch wäre, dass du Lucky mein Tagebuch gibst und ihm sagst, dass auch er keine Schuld hat.

Ich habe ihn so sehr geliebt. Aber der Scheisstoff war stärker. Das soll er wissen.

Deine Miri

***

Luckys Schultern bebten, weil er von Weinkrämpfen geschüttelt wurde. Das Tagebuch fiel aus seinen Händen und landete im Gras zwischen seinen Beinen.

Als er es wieder aufheben wollte, sah er etwas Silbernes neben einem vertrockneten Blatt glitzern.

Er hob es vorsichtig auf und betrachtete es von allen Seiten. Plötzlich kam ihm die Erkenntnis. Es war ein kleines Hufeisen, welches er vor langer Zeit verloren hatte. Ein Geschenk von Miri, dass ihm Glück bringen sollte.

Er hatte es nicht an einer Kette tragen wollen, weil ihm das kitschig und albern vorgekommen wäre. Darum landete es damals, als sie es ihm schenkte – genau hier, unter ihrem Lieblingsbaum – in seiner Jackentasche. Da sollte es eigentlich landen. Aber es war ihm nicht aufgefallen, dass er es nicht richtig eingesteckt hatte. Miri war darüber ziemlich sauer gewesen, als sie erfahren hatte, dass es weg war.

Sie hätte es mal lieber selbst behalten sollen, dachte er. Aber ihm schien es ja tatsächlich Glück gebracht zu haben, auch ohne, dass er es mit sich herumgetragen hatte.

Lucky war endgültig fertig mit Drogen. Und Miris Tod würde ihn in seiner Motivation - auf Dauer clean zu bleiben - noch ganz besonders unterstützen.

„Miri...", flüsterte er und seine Augen wanderten ein letztes Mal zum Himmel, der blau und strahlend auf ihn herabschaute. „Leb´ wohl."

Sturm über der Hallig

Unruhig blickte Anna-Maria nach draußen. Die See war aufgewühlt und wild. Das schon graue Licht verlor an Kraft, die Dunkelheit brach an.

Die heranrollenden Wellen waren groß und mächtig und einige schafften es bereits über die Warft zu brechen. Dabei schoss die Gischt gegen die Fenster und versperrte für kurze Momente den Blick auf das tosende Meer. Der kleine Strand war nicht mehr zu sehen. Das beunruhigte Anna-Maria, denn seit ihr Vater das Haus vor über dreißig Jahren errichtet hatte, war das Wasser nur ein einziges Mal bis ans Haus vorgedrungen. Damals, als der blanke Hans ihre Eltern im Watt überraschte. Sie hatten all ihre Tiere verloren. Das Haus hatte die Sturmflut des Jahrhunderts überstanden. Schwer angeschlagen und renovierungsbedürftig. Aber es stand. Seitdem war sie nie wieder auf der Hallig gewesen. Bis heute...

Jetzt ging die Deckenlampe im Wohnzimmer aus. Dann fing die gesamte Beleuchtung in der Küche und im Flur an zu flackern, bis plötzlich das Licht ganz erlosch. Unsicher tastete Anna-Maria sich durch die Dunkelheit, stieß dabei an einen Stuhl und setzte sich auf ihm nieder.

Abwartend.

Ängstlich.

Ab und zu wurde es im Haus taghell - dann, wenn nach einem gewaltigen Donner ein Blitz über das wütende Meer schoss. Das gleißende Licht ließ die alte Einrichtung kurz lebendig erscheinen. Jedes Mal zuckte Anna-Maria dabei erschrocken zusammen und erinnerte sich daran, dass auch schon früher der Strom regelmäßig ausgefallen war. Sie erhob sich wieder und tastete sich vorsichtig durchs Zimmer, bis sie in der Küche beim alten Schrank angekommen war. Dort lagen Kerzen und Streichhölzer in der Schublade, das wusste sie. Sie entzündete eine dicke Kerze, stellte diese in eine Sturmlaterne, die auf dem Schrank Mit dem flackernden Licht in der Hand ging sie wieder zurück in das Wohnzimmer. Sie setzte sich in den alten Ohrensessel, in dem früher immer ihr Vater gesessen hatte. Die Laterne stellte Anna-Maria vor sich auf dem Tisch ab, zog ihr Handy aus der Gürtelhalterung und wählte eine Nummer. Mist, immer noch die Mailbox. Wo blieb er nur? Mal sehen ob Britta…

Sie meldete sich schon nach dem zweiten Klingeln.

„Hallo Britta."

„Herzlichen Glückwunsch zum Geburtstag,

Anna-Maria."

„Danke, danke. Britta, ich habe wenig Zeit. Sag mal, weißt du, wie das Wetter werden soll?"

„Wie bist du denn drauf? Hat dir Gerd das falsche Geschenk gemacht?"

„Britta, ich bin auf der Hallig, und von Gerd keine Spur."

„Du auf der Hallig? Da warst du doch seit…"

„Ja, ich weiß. Gerd hat mich überredet. Er meinte, nur dieses eine Mal - dann nie wieder."

Kurzes Schweigen auf beiden Seiten.

„Und wo ist er jetzt?"

„Noch auf dem Festland. Hat eine Riesenüberraschung für mich, sagte er. Heiko Wilhelms, ein alter Freund meiner Eltern, hat mich übers Watt begleitet. Das ist jetzt aber mittlerweile fünf Stunden her...!"

„Oh, verdammt, im Radio warnen sie vor einer schweren Sturmflut, da kommst du heute nicht mehr weg."

„Die Hallig bringt mir einfach kein Glück. Ich hätte sie damals verkaufen sollen. Hier ist..."

Piep.

„...der Strom ausgefallen. Britta?"

Piep.

„Hallo?... Hallo! ... Ich brauche Hilfe!!! Mist, der Scheiss-Akku!", fluchte Anna-Maria und warf frustriert das Handy auf den Tisch.

Plötzlich gab es einen fürchterlichen Knall, die Wohnzimmerscheibe splitterte und noch bevor die

Glassplitter den Boden erreichten, sprudelte eine mannshohe Welle in den Raum. Für einen kurzen Augenblick war Anna-Maria von der kalten, salzigen Flut umgeben, doch genauso schnell wie es gekommen war, zog das Wasser sich laut rauschend und gluckernd durch die weit offenstehende Türe wieder aus dem Wohnzimmer zurück. Es nahm dabei einen Teil der Möbel und einige Dekorationsgegenstände mit. Klatschnass und vollkommen erstarrt von der Erkenntnis über die Macht des Meeres, blickte Anna-Maria dem abfließenden Wasser hinterher. Der Sturm blies kräftig ins Haus hinein. Ein frischer klarer Geruch, vermischt mit Gestank von modrigem Schlick machte sich breit. Das Meer war auf Diebeszug.

Anna-Maria war nicht in der Lage sich zu rühren. Angststarre nannte man das wohl. Sie hörte, wie donnernd eine weitere Welle heranrollte. Mit lautem Gebrüll trieb der Orkan das Meer auf das kleine Reethaus zu. Ob es noch einmal einer so gewaltigen Sturmflut wie damals standhielt?

Sie schloss die Augen und fing leise an zu beten...

„Anna, bist du hier?"

Wie hatte sie sich nach dieser Stimme gesehnt.

„Gerd? Gerd bist du es? Oh mein Gott...!"

Gerd stürzte ins Haus. Er trug einen schwarzen Neoprenanzug.

„Komm Anna, wir haben keine Zeit mehr."

„Wie bist du hierhergekommen bei dem Sturm? Und wo wollen wir hin…? Gerd, ich habe Angst."

„Schscht....... ganz in der Nähe ist eine Rettungsbake", sprach er beruhigend auf sie ein.

„Hier nimm", damit hielt er ihr ein Seil entgegen. „Binde dich an dem Seil fest, wir müssen schwimmen."

Mit zitternden Fingern tat sie, was er sagte. Sie hatte es gerade geschafft, als es passierte. Eine haushohe Welle stemmte sich krachend mit aller Gewalt gegen das Haus und spülte es auf das Meer hinaus! Anna-Maria und Gerd, das Seil fest um ihre Handgelenke geschlungen, wurden mitgerissen und durch den Hauptwaschgang der Fluten gezogen. Als die riesengroße Welle endlich über sie hinweg gerollt war, kamen sie nach Luft ringend wieder an die Oberfläche. Sie schwammen am Seil entlang. Jeder für sich im Kampf gegen die Natur. Nach gut zweihundert Metern erreichten sie, fast am Ende ihrer Kräfte, unbeschadet die Bake. Es grenzte fast an ein Wunder. Mit letzter Kraft kletterten sie die Leiter hinauf und setzten sich auf die umfriedete Plattform. Sie froren. Aber wenigstens hatten sie sich. Und ihr Leben...

Gerd öffnete die kleine Kiste, die fest an der Rückseite der Rettungsbake angeschraubt war und sah hinein.

Sie enthielt, wie er erwartet hatte, die üblichen Dinge. Decken, Proviant und Trinkwasser, sowie

Signalraketen, Signalfackeln und Rauchbojen. Sie zogen mit klammen Fingern ihre Sachen aus und wickelten sich in die Decken.

Meist wurden diese Kisten für sechs Personen bestückt, so dass Anna-Maria drei Decken allein für sich beanspruchen konnte. Dann saßen sie so eng es eben ging, nebeneinander und horchten in die Dunkelheit hinein. Das pfeifen, heulen, rauschen und dröhnen der Naturgewalten klang wie eine unheimliche Melodie. Der blanke Hans „reloadet" war in Bestform.

Schlafen war unmöglich. Erst weit nach Mitternacht wurde es ruhiger. Das Wasser hatte sich zurückgezogen. Die Gezeiten mussten diesem Naturgesetz gehorchen.

„Wie bist du bei diesem Sturm auf die Hallig gekommen?", stellte Anna-Maria noch einmal die Frage an Gerd, auf die sie noch keine Antwort bekommen hatte, weil die Ereignisse sich plötzlich überschlagen hatten.

„Heiko Wilhelms meinte, ich wäre lebensmüde. Aber er hat mich trotzdem mit dem Kutter bis zum Leuchtturm gefahren. Von da aus war es nur noch ein Katzensprung. Ich bin den Rest geschwommen und habe auf mein Glück vertraut."

Er zwinkerte ihr lausbubenhaft zu.

Hätten hier früher schon Rettungsbaken gestanden, wären meine Eltern nicht ertrunken, dachte Anna-Maria ohne seine Worte wirklich gehört zu haben.

Gerd gab ihr einen sanften Kuss. „Jetzt noch einmal: Herzlichen Glückwunsch zum Geburtstag, meine Krabbe."

Ach ja, ihr Geburtstag... Er hatte doch von einer Überraschung gesprochen. „Danke. Und wo ist meine Überraschung?"

„Tja, ich befürchte wir müssen deinen Geburtstag nachfeiern. Mein Geschenk jedenfalls ist für immer futsch."

„Wieso?" Erstaunt sah sie ihn an.

„Weil du kein Haus mehr hast. Ich habe einen Käufer gefunden. 150.000 € wollte er dir geben. Daraus wird ja jetzt leider nichts."

Anna-Maria erinnerte sich daran, dass sie Gerd irgendwann gebeten hatte, sich umzuhören. Sie wollte das Haus verkaufen. Zuviel Schmerz und Wehmut. Dort konnte sie niemals leben.

"Ich denke, das ist gut so, Gerd. Das Haus ist nun wieder mit meinen Eltern verbunden und für immer in meinem Herzen. Das Meer gibt und nimmt. Meine schönsten Kindheitserinnerungen stammen von hier. Für mich ist alles im Lot."

Dann schwiegen beide. Es gab nichts mehr zu sagen. Irgendwann schliefen sie von Müdigkeit überwältigt ein. Als sie aufwachten, ging gerade blutrot die Sonne auf. Ein wundervolles Naturschauspiel. Ganz anders, als in der Nacht. Das Meer sah mittlerweile aus, wie glattgebügelt.

Ein Fischkutter kam gemächlich auf die Bake zugefahren. Eine Schar Möwen begleitete schreiend das kleine Schiff.

Die Nordsee zeigte sich zahm...

Eine weis(s)e Entscheidung

Ich hatte das unbestimmte Gefühl, schon einmal hier gewesen zu sein. Als wäre es ein Déjà-Vu. Da war es wieder, dieses Gefühl der Machtlosigkeit. Mein Körper fühlte sich ungewöhnlich schwer an, die kleinste Bewegung war mühsam. Ich konnte kaum den Kopf drehen. Der Raum war klein, alle Wände und die Decke weiß, die Gleichförmigkeit des Zimmers engte ein. Ich versuchte, mich aufzurichten, doch etwas hielt mich zurück, drückte gegen meinen Bauch, schlang sich wie ein Band um Arme und Beine.

Dann verstand ich: ich lag immer noch hier, wie schon die ganzen Tage zuvor, mit Gurten auf eine Pritsche gebunden. Einen Moment lang bäumte ich mich auf und kämpfte, stemmte mich mit aller Kraft gegen die Gurte, doch ich fiel schnell entkräftet zurück. Es war vergeblich. Und die Frage nach dem *warum*.

Warum?

Wieder blickte ich zur Decke hinauf, als stünde dort eine Erklärung, als gäbe es dort in diesem trostlosen Weiß einen Kontrast, eine klitzekleine Unregelmäßigkeit, welche der Eintönigkeit einen Riss gegeben hätte.

Doch nichts. Kein Riss, kein Fleck, nur eintöniges, weißes Weiß. Bewegungslos - beinahe tot - lag ich da, die Gedanken so leer wie der Raum. Zeit war durch Endlosigkeit ersetzt, die Welt auf vier weiße Wände reduziert. Wie lange ich so gelegen hatte, weiß ich nicht.

Plötzlich drang ein schwarzer Punkt in das unendliche Weiß, wechselte die Richtung, stand still, rückte wieder ein Stück vor. Fasziniert folgte ich ihm mit Blicken, sah zu, wie er näherkam, wie er langsam größer wurde, erkannte einen Körper und Beine, die ihn fortbewegten... eine kleine schwarze Spinne, deren große Freiheit ich sofort beneidete.

Früher hätte ich es mit einer Spinne nicht eine Minute im gleichen Zimmer ausgehalten. Ich hätte sie kurzerhand erschlagen oder meinen Staubsauger hervorgeholt und ohne Bedauern eingesaugt. Nun war ich froh, ein bisschen Gesellschaft zu haben. Ich habe dem Tier sofort einen Namen gegeben: Spinella. Was einen Namen hat, isst man nicht. Das hatte ich auch ganz gewiss nicht vor. Igitt. Aber in Anbetracht der Umstände und der Tatsache, dass ich hier vielleicht noch längere Zeit liegen würde, fand ich es wichtig, mir Freunde zu machen. Momentan noch Singular, aber das konnte sich ja noch ändern. Bestimmt gab es noch mehr von ihrer Sippe.

„Spinella, du hast es gut. Komm runter und sprich mit mir!"

Konnte es wirklich sein, dass ich gerade versuchte, mit einer Spinne zu kommunizieren?

Egal.

Ein seidener Faden. Ein schwarzer Körper, der sich von diesem Faden abseilte und sich neben meinem Ohr auf dem Kissen niederließ.

„Was gibt's?" Nur ein Wispern. Aber klar und deutlich zu verstehen.

„Ich muss mit jemandem reden! Bitte hör mir zu. Wir roden die Wälder ab, wir verpesten die Luft, wir verschmutzen die Ozeane, wir rotten Tierarten aus, wir wissen nicht, wohin mit unseren radioaktiven Abfällen und reisen ins All, um eine zweite Erde zu finden, auf die wir im Notfall ausweichen können, wenn wir hier alles kaputt gemacht haben. Wir erleben gerade das Sterben unseres einzigen Planeten, auf dem wir überleben müssen, bis es eine zweite Erde gibt. Das macht mir Kopfzerbrechen!"

Stille.

Aber dann...

"Ja, ihr seid stolz darauf, wie weit ihr es gebracht habt, und dabei habt ihr euren und unseren kostbaren Lebensraum schon fulminant und nachhaltig zerstört", hörte ich Spinella flüstern.

"Spinella, ja ich weiß, was du meinst. Und es wird noch schlimmer werden. Jetzt schon haben wir unverhältnismäßig viele Stürme, Regen, Hitzewellen und Vulkanausbrüche. Ich will die Welt retten. Will dazu beitragen, dass dieser Wahnsinn ein Ende hat. Zur Not auch ganz allein!"

Ich fühlte, wie ich mich immer mehr in meine Gedanken hineinsteigerte und auch, dass ich wohl bei Spinella den Eindruck einer Größenwahnsinnigen erweckte.

"Du spinnst", kam auch gleich ihre prompte Antwort.

Ich dachte daran, dass das ja wohl eher ihr Part sei und wollte etwas Entsprechendes erwidern, als mich ein eindringliches Klopfen unterbrach. Im nächsten Moment schloss jemand die Türe auf, ein Mann trat ein und riss mir die Bettdecke vom Körper.

"Aufstehen! Sie haben heute einen Einschreibungstermin an der Uni! Ihre Eltern warten darauf, dass Sie Ihrem Vorschlag Jura zu studieren endlich folgen!"

Aus den Augenwinkeln sah ich Spinella sich auf ihrem Faden entfernen. Wieder hinauf zur Decke.

"Nein. Ich möchte Arachnologie und Ökologie studieren!"

"Sie wollen was? Na, hören Sie doch auf zu spinnen. Was wollen Sie denn damit? Mit dieser Einstellung bleiben sie noch ewig in dieser Zelle. Ihre Eltern werden ihren Sinneswandel in dieser Richtung nicht tolerieren. Es wäre besser, Sie würden kooperieren! Meinen Sie vielleicht, mit dieser Haltung etwas in der Welt zu erreichen?"

Der Mann hielt einen Moment inne, folgte meinem Blick an die Decke und fluchte. Dann fing er an, mit der Bettdecke nach Spinella zu schlagen.

"Lassen Sie das! Hauen Sie ab und lassen Sie sie in Ruhe! Und ich werde das studieren, was ich will, ob meinen Eltern das nun passt oder nicht!"

Achselzuckend wandte er sich um und verließ mich genauso schnell, wie er gekommen war.

Ich war wieder allein in meiner weißen Welt. Hatte es einen Grund, warum ich ausgerechnet hier in dieser weißen Zelle über mich nachdenken und zu einer Entscheidung kommen sollte? Ich philosophierte wieder vor mich hin. Zeit hatte ich ja genug.

Die Existenz der Dinge und des Menschen, auch die Normen des Zusammenlebens müssen selbstverständlich begründet werden. Aber es gibt auch jede Menge Mythen.

Mythen sind Erzählungen über deren Entstehen in einer Urzeit, erinnerte ich mich an mein letztes Klausurthema zurück. Von Mythen spricht man nicht beiläufig. Sie gelten als heilig. Und dazu spielen Farben eine große Rolle. In allen Kulturen. Was war mit *weiß*?

Hmm ... weiß ist eine ziemlich *„unbunte"* Farbe.

Wobei in Afrika diese *„unbunte"* Farbe eine besonders herausragende Symbolik hat. Sie steht vielerorts für Tod und als Körperbemalung dient sie dazu, mit jenseitigen Geistern in Kontakt zu treten. Und ich hatte in einigen Geschichten gelesen, dass Termiten, die weißen Ameisen, als Inkarnation der Toten gelten. Ausgerechnet Ameisen! So kleine Tiere...

Mein Blick suchte Spinella. Ja, da saß sie noch und schaute wohl genauso auf mich herab, wie ich auf sie hinauf.

Eine weiße Flagge bedeutet: sofortiger Stopp der Schlacht, Kapitulation, Waffenstillstand oder Frieden.

Nein, kapitulieren wollte ich auf gar keinen Fall. Ich hatte wirklich genug Zeit zum Nachdenken gehabt und wusste genau, dass ich beruflich etwas machen wollte, was den Menschen, Tieren und Pflanzen – ja, er ganzen Welt helfen konnte.

Um den Schein zu wahren, würde ich, wenn mein *Zellenwärter* wieder zu mir hereinkam, allem zustimmen, was man von mir verlangte.

Aber die Einschreibung würde nicht ihren Wünschen entsprechen. Vielleicht würden Sie ja doch irgendwie einsehen, dass ich mich von meinem Ziel nicht abringen lasse.

Vielleicht würde es neue Kämpfe geben und ich wieder in dieser Zelle landen. Vielleicht...

Doch auf keinen Fall würde ich die weiße Fahne schwenken! Ich zwinkerte Spinella zu und schloss meine Lider.

Ein Ritter auf seinem weißen Pferd tauchte vor meinen Augen auf...

Der Tote im Leuchtturm

Ich bin gerade erst auf der Insel angekommen, aber mein allererster Weg führt mich immer zum Leuchtturm am Wangerooger Bahnhof.

Groß und stolz steht er da. Leuchtet bei jedem Wetter in seinem rotweißen Mantel, ohne dass er seine Leuchtfeuer überhaupt in Betrieb nehmen muss. Er fällt einfach ins Auge. Ob man will oder nicht. Seine Anziehungskraft auf alle Menschen, die Wangerooge bereisen, ist unbestritten.

Aber nicht nur auf die Touristen übt er seinen Reiz aus. Selbst die Einheimischen der Insel finden ihn immer noch faszinierend und schön, obwohl sie seinen Anblick gewohnt sind.

Einer ist in ganz besonderem Maße begeistert von ihm. Der alte Leuchtturmwärter Jan Gerdes. Na ja, alt ist er noch nicht so richtig. Aber schon sehr lange ist das sein Arbeitsgebiet. Hegt und pflegt er den Turm.

Meist sitzt er in dem Kassenhäuschen innerhalb des Eingangsbereiches und gibt die Tickets fürs Museum oder die Leuchtturmbesteigung aus.

Denn seine einstige, äußerst wichtige Funktion, das Leuchtfeuer nachts hinaus aufs Meer zu senden, damit die Schiffe in der Dunkelheit ihren Weg finden, ist lange schon vorbei. Doch man reißt einen Leuchtturm nicht einfach so ab. Es gibt viele Menschen, die das schade finden würden. Und so wird sein Erhalt u.a. durch die

Eintrittsgelder gesichert, die Jan Gerdes Tag für Tag einnimmt.

Heute freue ich mich darüber, dass tatsächlich die Sonne wieder einmal hell und freundlich vom Himmel lacht und ich halte ihr mein Gesicht entgegen. Genieße die Wärme, die von ihr ausgeht, obwohl der wahre Frühling immer noch auf sich warten lässt. Leichten Schrittes laufe ich beschwingt auf den Riesen zu.

Herrlich so ein Tag! Und das direkt bei meiner Ankunft. Ich sehe das als gutes Zeichen. Dieser Urlaub könnte tatsächlich einer werden. Ohne, dass ich wieder einmal – wie schon oft in meiner Auszeit geschehen - zurück nach Aurich beordert werde, weil natürlich keine andere Kommissarin meine Arbeit übernehmen kann! Sarkasmus aus. Ja, verdammt - es gibt Tage, da verfluche ich meinen Beruf!

Ich hoffe einfach, dass es diesmal anders wird. Ganz fest dran glauben, dann wird's schon, hat mein Vater immer zu mir gesagt. Seine Weisheiten habe ich oft im Ohr, wenn ich mal wieder an einem Punkt bin, an dem ich nicht mehr weiterkomme. Er ist schon seit Jahren in Pension. Doch die Leidenschaft für seinen Beruf hat er an mich weitergegeben. Für mich ist es genauso wenig nur ein Job, wie es das für ihn gewesen war.

Aber mit dem Glauben ist das so eine Sache, wenn man sich ausgerechnet für einen Beruf entschieden hat, der einem Einiges abverlangt, wenn man Diebe, Mörder oder Psychopathen vor sich sitzen hat. Da braucht es ein starkes Nervenkostüm und Zweifel zu haben, ist für uns im Kriminalisten Alltag völlig normal. Wieder eine der

Weisheiten meines Vaters, die ich in diesem Fall jedoch aus vollem Herzen nur dick unterstreichen kann.

Wir müssen alles beweisen. Hieb- und stichfest. Geglaubt wird in der Kirche! Das stammt ausnahmsweise nicht von meinem alten Herrn, sondern von meinem Chef, Hauptkommissar Klaas Westermann. Bis heute habe ich übrigens noch nicht herausgefunden, wie man etwas hieb- und stichfest beweist. Ich werde bei Gelegenheit einmal danach googeln. Der Ausdruck erscheint mir ziemlich antiquiert.

Während ich in meinen Gedanken doch wieder bei meiner Arbeit angekommen bin, lenken meine Füße ihre Schritte automatisch weiter in Richtung des alten Leuchtturms.

Ah, ich kann jetzt schon den Rasen und die alte Dampflok sehen. Und hören kann ich auch etwas. Lärm!

Als wenn eine ganze Schule beschlossen hätte, heute ihren Tagesausflug zu machen. Sie hören sich an wie eine Hundertschaft, doch als ich um die Hecke herum nach rechts gehe, sehe ich, dass dort nur etwa sechs pubertäre Jugendliche mit ihren Handys in der Hand herumstehen und laut lamentieren und lachen. Mich interessiert immer, was die Kids von heute tun, wenn sie so unterwegs sind. Ihr Blick ist starr auf ihr Schlaufon gerichtet. Wenn sie nicht aufpassen, muss ich es eben umso mehr tun. Aus Eigennutz. Sonst nimmt das unabsichtliche, aber auch unvermeidliche Anrempeln nie ein Ende.

Auf der Fähre vorhin hatte ich ein interessantes Gespräch mit einer netten Dame, der es genauso aufgefallen ist wie mir, dass die Jugend *heutzutage* vermutlich nicht mehr richtig in der Lage ist, ein ganz normales Gespräch zu führen. Da wird *Gewhatssapt* und *gesimst*, *Gesichtsbüchernachrichten* ausgetauscht oder man zwitschert sich einen. Nein, damit ist keineswegs gemeint, dass man mit seinen Freunden in eine Kneipe geht und sich einen antrinkt. Heutzutage hat man gefälligst einen *Twitter-Account*. Ganz besonders Taffe leisten sich auch noch *Instagram*. Das ist keine Suppe, die nur wenige Gramm Fett oder Fleisch enthält, sondern nur eine weitere Möglichkeit zur Kommunikation per Handy oder PC - auf jeden Fall via Internet mit seinen Freunden. Meist Fotos, die schnell ganz viele Menschen erreichen sollen.

Als sie mich bemerken, wird die Geräuschkulisse um einige Fon leiser. Einer hat sein Handy fallen lassen und es liegt direkt vor meinen Füssen. Ich hebe es auf und will es dem Jungen geben, der schon seine Hand ausgestreckt hat. Da fällt mein Blick auf das Display. Bevor ich den Anblick des toten Mannes, den ich auf dem Foto zu sehen glaubte, verarbeitet habe, hat er es mir blitzschnell aus meiner Hand gerissen.

„Was war das denn für ein Foto?" frage ich.

„Ach nichts Besonderes", meint er. „Wir haben nur ein Spiel gespielt. Das ist ein Charakter aus einem Rollenspiel, wenn Ihnen das was sagt." Er grinst.

Dann setzt die Kakophonie der verschiedensten Laute, welche die Jugendlichen und auch ihre Handys von sich geben, sofort wieder ein. Ich bin sekündlich uninteressant.

Diese ziemlich realistischen Spiele sind nicht das, was ich mir unter pädagogisch wertvoll vorstelle. Aber ich bin heute nicht Mutter oder Polizistin. Sondern einfach nur

Touristin. Soll heute jemand anderes den Moralapostel spielen. Ich bin raus.

Daher gehe ich jetzt beschwingt und leichten Schrittes auf den Leuchtturm zu und habe nach den paar Treppenstufen die sich vor der Eingangstüre befinden, den übersichtlichen Eingangsbereich erreicht.

Ich schließe die Türe hinter mir und möchte mir ein Ticket kaufen, damit ich den Leuchtturm besteigen darf. Aber Jan Gerdes sitzt nicht in seinem kleinen Kabuff. Wo mag er wohl sein? Toilette? Eine rauchen? Ich weiß, dass er raucht. Aber das passt auch irgendwie zu ihm. In meiner Phantasie ist er leidenschaftlicher Pfeifenraucher. Allerdings habe ich ihn noch nie Pfeife rauchen sehen. Wäre aber schön. Mir gefällt nämlich die Vorstellung eines alten Seebären, der schon viel erlebt hat und abends gemütlich in seinem Ohrensessel zuhause mit einem Pfeifchen entspannt.

Habe ich mit meiner kleinen Nichte vielleicht zu oft die Sendung mit der Maus gesehen? Käpt´n Blaubär mag ja das Blaue vom Himmel herablügen, aber nicht ein Jan Gerdes! Es würde mir einfach nur gut in den Kram passen. Ich muss innerlich schmunzeln. Wenn er wüsste, was ich mir so zurechtspinne. Aber Himmel, ich habe Urlaub! Da darf ich auch mal alberne Gedanken haben!

Na gut, hier ist er jedenfalls nicht zu sehen. Was mache ich jetzt? Auf ihn warten? Ich schaue auf die Uhr und sehe, dass eigentlich schon längst geschlossen hätte sein müssen. Aber die Tür war doch gerade offen gewesen. Komisch.

Vielleicht ist er oben und schaut nach dem Rechten. Was auch immer das für einen Leuchtturmwärter bedeuten mag.

Ich könnte ja jetzt einfach nach oben gehen und ihm das Geld für die Besteigung später geben.

Vermutlich treffe ich ihn eh unterwegs. Er auf dem Weg nach unten, ich nach oben.

Meine Entscheidung ist gefallen. Ich nehme die ersten 30 Stufen in Angriff. Puh, das geht ganz schön in die Beine! Aber ok, das wusste ich ja schon von meinen früheren Ausflügen aufs oberste Deck des Turmes. Und bis heute habe ich noch jedes Mal daran gedacht, dass ich es vielleicht nicht schaffen würde. Mein künstliches Kniegelenk, welches ich vor einem Jahr erhalten habe, könnte es mir dieses Jahr aber tatsächlich verdammt schwermachen, mein Ziel wieder zu erreichen.

Ich will da jetzt hoch und nicht darüber nachdenken, ob ich es leisten kann oder nicht. Also weiter...

Die nächsten einundzwanzig Stufen erklimme ich auch noch ganz locker, ohne dass ich Atemprobleme bekomme. Es sind nur die Knie, die mir zu schaffen machen, ansonsten ist meine Kondition top. Etwas über ein Drittel habe ich schon bewältigt. Ich gönne mir eine winzige Pause und laufe dann langsam, aber stetig weiter bis zur nächsten Plattform.

Wenn ich jetzt durch die kleinen Fenster nach draußen schaue, kann ich schon die Nordsee sehen.

Was für ein toller Anblick! Davor die prächtige Dünenlandschaft, mit Strandhafer hier und da und dann der lange weite Strand. Es fühlt sich gut an, dieses Bild in mir aufzunehmen. Ich gestehe mir wieder keine lange Pause zu und nehme die nächsten Treppenstufen in Angriff, die sich spiralförmig weiter nach oben schlängeln.

Dann der allerletzte Absatz. Jetzt ist es im wahrsten Sinne des Wortes nur noch ein Katzensprung. bis ich endlich auf dem Oberdeck an der Brüstung stehen und mir den Wind um die Ohren wehen lassen kann. Noch eine kleine Verschnaufpause – und hinauf ans Ziel!

Mir fällt jetzt erst auf, dass Jan Gerdes immer noch nicht aufgetaucht ist. Also mir entgegenkommend. Hmm... ob er wirklich da oben auf der Plattform ist? Warum eigentlich nicht? Auch er hat ein Recht auf Genuss. Und quasi schon Feierabend. Nur weil ich ihn mittlerweile gut kenne, durch meine unzähligen Besuche auf dem Turm, bin ich überhaupt auf die Idee gekommen, ihn zu fragen, ob ich vielleicht noch eben kurz nach oben darf, bevor er den Leuchtturm für heute verschließt.

Jetzt stehe ich vor der offenen Tür, die auf die letzte und höchste Plattform führt...

Eine Windböe erfasst den nur locker auf meinem Kopf sitzenden weißen Hut und ich spüre, wie er sich selbstständig macht und wegfliegen möchte. In allerletzter Sekunde erhasche ich ihn noch und halte ihn fest in meiner Hand. Nochmal gut gegangen. Er ist ziemlich teuer gewesen und ich würde es wirklich bedauern, wenn er verloren ginge. Mit dem Hut in der Hand betrete ich die Plattform und halte Ausschau nach dem Leuchtturmwärter. Doch zunächst überwältigt mich - wie jedes Mal - die Aussicht vom Leuchtturm über die Insel!

Ein wahres „Wow-Erlebnis"! Genauso wie beim ersten Mal, als ich hier oben stand und nicht fassen konnte, welch´ wunderschöne Landschaft da unten vor bzw. unter mir lag. Ich gehe langsam zur Brüstung, um diesen Anblick ausgiebig zu genießen und vergesse für diesen Moment, dass ich eben noch Jan Gerdes suchen wollte.

In diesem Moment höre ich Geräusche, welche nicht zu meinem selbstvergessenen Augenblick passen wollen. Stöhnen oder Seufzen. Es könnte auch ein Fluch dabei gewesen sein. Denn das Wort „verdammt" habe ich klar und deutlich vernommen.

Ich löse mich nur ungern von meinem Platz an der Brüstung, aber meine kriminalistische Neugier ist geweckt.

Nachdem ich zur Westseite der kreisrunden Brüstung gelaufen bin, sehe ich es. Auf dem Boden liegt ein Mann. Aufgrund seiner Position und seiner starr aufgerissenen Augen befürchte ich das Schlimmste. Jan Gerdes kniet über ihm und soweit ich das beurteilen kann, liegen seine Hände um des Hals des Toten.

Er dreht seinen Kopf in meine Richtung, erkennt mich und spricht aufgeregt auf mich ein: „Sie kommen genau richtig, Frau Kommissarin!"

„Um Sie zu verhaften, meinen Sie wohl, Herr Gerdes", erwidere ich und suche in meiner großen Handtasche nach

Kabelbindern, die ich eigentlich immer dabeihabe. Man weiß ja nie...

„Ich habe nichts getan, wofür Sie mich verhaften müssten, Frau Kommissarin. Der Mann ist einfach so umgefallen und ich habe nur geprüft, ob ich an seiner Halsschlagader noch einen Puls fühlen kann."

Gerdes schaut mich aus einer Mischung zwischen Empörung, Hilflosigkeit und Verzweiflung an, so dass ich beinahe geneigt bin, ihm zu glauben. Aber da haben wir es wieder. Glauben musste ich gar nichts. So wie die Dinge hier lagen, konnte es durchaus ein Mord gewesen sein. Aus welchem Grund auch immer. Ein Motiv lässt sich ganz bestimmt finden, wenn man Herrn Gerdes einmal genauer unter die Lupe nahm.

Doch zunächst brauchen wir hier einen Arzt, der sich den Toten ansehen muss. Die genaue Todesursache wird dann die Pathologie herausfinden. Die Kabelbinder finde ich nicht, aber mein Handy liegt schon in meiner Hand, bereit für den Anruf beim Arzt.

Für den Fall, dass ich mal einen benötige, habe ich mir irgendwann aus dem örtlichen Telefonbuch einen Allgemeinmediziner herausgesucht. Ich suche unter meinen Kontaktadressen nach seinem Namen, finde ihn und drücke die Wahltaste.

Jan Gerdes hat sich mittlerweile erhoben und sich an die Brüstung gelehnt. In gebührendem Abstand beobachte ich ihn, während ich darauf warte, dass jemand abnimmt.

Endlich meldet sich eine verschlafene Stimme. „Ja?", fragt sie. „Wer in Dreiteufelsnamen stört meinen heiligen Mittagsschlaf?"

Mittag? Ich schaue flüchtig auf meine Armbanduhr. Es ist kurz nach Sechs. Der will mich wohl veräppeln. Später erfahre ich, dass der Doktor meist von morgens Acht bis abends um 18 Uhr durcharbeitet und sich danach immer für eine Stunde aufs Ohr legt. Doch das kann ich zu diesem Zeitpunkt ja nicht wissen und melde ihm, dass sich auf dem Leuchtturm vermutlich ein Toter befindet. Er müsse seinen Mittagsschlaf dringend unterbrechen und hochkommen.

„Oh hah, ein Toter im Leuchtturm?! Das haben wir hier nicht allzu oft. Eigentlich ist sowas noch nicht vorgekommen, wenn ich es mir recht überlege. Und was heißt vermutlich? Ist er nun tot oder nicht? Geben Sie mir doch mal den Jan. Der ist doch bei Ihnen, oder?"

Es steht mir nicht zu, einen Menschen für tot zu erklären. Auch wenn es offensichtlich ist. Das darf nur ein Arzt. Und es fehlte gerade noch, dass ich ihn mit dem vermutlichen Mörder sprechen lasse.

„Tut mir leid", antworte ich dementsprechend kühl. „Den können Sie im Moment nicht sprechen. Packen Sie einfach ihre Tasche und kommen hierher."

Ob Urlaub oder nicht - in solchen Situationen war ich sofort ganz Profi.

„Wie reden Sie denn mit mir", knurrt es aus dem Hörer. „Ich darf wohl bitten..."

Der will jetzt mit mir über einen angenehmen Tonfall diskutieren, denke ich und hier liegt ein Toter. Ich beschließe, mich nicht darauf einzulassen.

„Hören Sie, mein Name ist Clara Janssen und ich bin Polizeikommissarin. Bewegen Sie endlich ihren Hintern!" Dann lege ich einfach auf.

Das war zwar nicht besonders höflich, aber jetzt ist Eile angesagt. Je schneller man herausfindet, was den armen Teufel hat sterben lassen, desto schneller war die Sache vom Tisch.

„Und?", fragt Gerdes. „Kommt Hinrichs? Oder legt er sich nochmal hin? Normalerweise kriegen den nach seiner Sprechstunde keine zehn Pferde mehr aus dem Haus. Da könnte die Welt untergehen."

„Er wird schon kommen", seufze ich gereizt und versuche mir nicht anmerken zu lassen, dass mich das kurze Telefonat geärgert hat. „Das hier ist schließlich ein Notfall."

Jan Gerdes holt ein Päckchen Tabak aus der Tasche und fängt an, sich eine Zigarette zu drehen. Ich könnte jetzt auch eine gebrauchen, aber bei Gott, ich hatte ewig lange dafür gebraucht, davon loszukommen und fange nie wieder damit an. Das habe ich mir damals geschworen, nachdem ich den Kampf gegen das Nikotin endlich gewonnen hatte.

Irgendwie traue ich Gerdes jetzt doch keinen Mord mehr zu. Dieser Mann tut doch keiner Fliege was zuleide, denke ich. Er ist die Ruhe selbst. Ganz in seiner Mitte. Ich bin sehr geneigt, seiner Version jetzt doch Glauben zu schenken.

Doch wortlos beuge ich mich zu dem Toten hinunter und begutachtete seinen Hals. Da ist auf den ersten Blick nichts zu erkennen. Keine Würgemale und auch keine kleinen roten Pünktchen in seinen Augen, die darauf schließen lassen könnten, dass er erwürgt worden ist.

Ich bin mir jetzt sicher, dass ich das, was ich vorhin gesehen hatte, tatsächlich falsch interpretiert habe.

Ich prüfe, ob sich wenigstens einige Einmal-Handschuhe in meiner Tasche befinden und erwische glücklicherweise ein Paar.

Als ich sie übergestreift habe, fasse ich mit spitzen Fingern in seine Jackentasche. Es wäre von Vorteil zumindest schon mal die Identität des Toten feststellen zu können. Ich ziehe etwas heraus. Keine Brieftasche, keinen Ausweis, aber einen Brief. Vielleicht steht dort sein Name. In so einem Fall achtet man nicht mehr auf evtl. Postgeheimnisse. Entschlossen falte ich ihn auseinander und fange an zu lesen:

Liebste Heide,

du wirst traurig sein und weinen, wenn du erfährst, dass ich nicht mehr bin. Bitte tu das nicht. Wenn du diesen Brief zuende gelesen hast, wirst du mich verstehen. Ich hoffe zumindest auf dein Verständnis.

Vor kurzem war ich bei Doktor Hinrichs und er hat mir eine schlimme Diagnose gestellt.

Heide, mein Engel – ich habe Alzheimer.

Wir haben oft darüber gesprochen, wie es wäre, wenn einer von uns diese Krankheit bekommen würde. Wir konnten uns nicht vorstellen, wie wir damit leben sollen. Wie entwürdigend unser Leben dann eines Tages vielleicht zu Ende gehen würde. Sicher, für denjenigen, den es betrifft, ist es halb so wild, haben wir uns gesagt. Aber der, der übrigbleibt, sieht mit an, wie der andere zugrunde geht. Meine Liebste, verzeih. Das möchte ich dir nicht zumuten.

Mein Weg hat mich heute zum alten Leuchtturm geführt, weil ich dem ein Ende machen möchte.

Nicht der eleganteste Weg, ich weiß, und mag sein, dass du mich – in der Tat zu Recht - für feige hältst...

Ich halte inne und versuche zu verstehen, was ich da gerade gelesen habe.

Wie sehr muss dieser Mann gelitten haben, denke ich. Von der Diagnose bis zu dem einsamen Entschluss, seinem Leben heute ein Ende zu setzen. Leicht wird ihm diese Entscheidung bestimmt nicht gefallen sein. Wenn man bedenkt, wie liebevoll dieser Brief formuliert ist und wie nah diese Heide und er sich gestanden haben müssen. Er hat sein Vorhaben nicht ausführen können, weil ihn der Tod schon vorher ereilt hat. War es nicht vielleicht auch besser so? Wie wäre Heide mit seinem Suizid klargekommen, wenn er ihn ausgeführt hätte?

Ich schaue Jan Gerdes in die Augen und denke, dass er es mir bestimmt schon ansehen kann, dass ich meinen Gedanken von vorhin längst revidiert habe.

Eine Stimme unterbricht meine Gedanken und ruft uns zu: „Hallo, wo sind Sie?!"

Doktor Hinrichs ist endlich eingetroffen. Ich mache mich bemerkbar, indem ich mich erhebe und einige Schritte auf ihn zugehe. „Wir sind hier, Doktor. Schön, dass Sie so schnell kommen konnten." Versuche freundlich zu wirken. Ihn meine Worte von vorhin vergessen zu lassen.

„Hej Uwe", begrüßt Jan Gerdes ihn und reicht ihm seine Pranke. Zum ersten Mal fällt mir auf, was für riesige Hände dieser Mann hat.

„Moin Jan", erwidert Uwe Hinrichs den Gruß des Leuchtturmwärters. Dann wendet er sich zu mir.

„Und Sie sind also Kommissarin und haben mich hierher beordert?" Er ist ein attraktiver Mann mit durchdringenden dunkelbraunen Augen, die mich jetzt ernst mustern.

Ich räuspere mich und habe das Gefühl, mich bei ihm entschuldigen zu müssen. Finde jedoch nicht die richtigen Worte. Es war ja auch nichts Falsches daran gewesen, ihn zum Leuchtturm zu bestellen, um die Leiche zu begutachten. Doch der Satz, dass er seinen Hintern sofort hierher bewegen solle, erschien mir jetzt doch sehr daneben und meiner absolut nicht würdig.

Sowas sagen Krimikommissare im Fernsehen. Das müssen sie scheinbar auch so machen, um mehr Dramatik in die Szene zu bringen.

Carla, Carla... du solltest wirklich lernen, dich zu beherrschen, denke ich. *Und jetzt entschuldigst du dich sofort bei Doktor Hinrichs für deinen ausfallenden Ton!*

Nein, ich schaffe es nicht. Würde mir komisch vorkommen. Erniedrigt. *Aber bist du es nicht gewesen, die sich ihm gegenüber würdelos verhalten hast? Also los jetzt, tu es*, sporne ich mich innerlich an.

Diese Augen...! Ich kann mich nur schwer von ihnen losreißen. Mittlerweile betrachten beide Männer forschend mein Gesicht und warten auf eine Gestik, ein Zeichen oder erklärende Worte von mir.

Anstatt sanft wie ein Lamm endlich die Entschuldigung auszusprechen, die jetzt beiden gegenüber angebracht gewesen wäre, wende ich mich schroff zur Seite, deute auf den Toten und sage nur ganz knapp: „Da liegt er."

Am liebsten wäre ich weggerannt. Abgetaucht. In ein Mauseloch gekrochen. Aber ich stehe hier wie ein bedröppeltes, schwerverliebtes Schulmädchen. Um diesen Eindruck zu verändern und mein Gesicht nicht gänzlich zu verlieren, versuche ich mich jetzt betont lässig an die Brüstung des Leuchtturms zu lehnen. Aus den Augenwinkeln bekomme ich mit, wie die beiden Männer sich kopfschüttelnd ansehen und in meinem Kopf höre ich ihre unausgesprochenen Worte: *Die hat sie nicht mehr alle.*

Dr. Hinrichs beschließt, sich dem eigentlichen Zweck seines Kommens zuzuwenden und nimmt ein paar Gummihandschuhe aus seiner Arzttasche, um den Toten zu untersuchen. Ich beobachte ihn. Seine Bewegungen sind flüssig und seine Hände wissen genau, was sie wo anfassen dürfen und müssen, um eine gute Diagnose stellen zu können.

Es klingt makaber, aber ich stelle mir gerade vor, was er damit wohl sonst noch alles anstellen könnte.

Carla, jetzt reicht's, rufe ich mich wieder mal zur Ordnung. Zum zweiten Mal innerhalb einer Stunde. *Da unten liegt ein toter Mann auf dem Boden und du hast solche Gedanken...*

Gerdes beschließt, noch eine Zigarette zu rauchen und fängt an zu drehen.

„Ich kenne ihn", sagt Hinrichs. Jan schaut zu ihm hinunter und meint: „Jo, ich auch. Das ist Harry Vogt. Ein begnadeter Schriftsteller, der schon für den Pulitzerpreis nominiert wurde. Eigentlich müssten Sie ihn auch kennen, Frau Janssen."

Ich überlege nur kurz und mir fällt bei dem Namen sofort sein letztes Buch ein. *Die Wahrhaftigkeit der Gene* oder so ähnlich lautete der Titel.

„Kein Zweifel", unterbricht Doktor Hinrichs mich, bevor ich mich dazu äußern kann, dass auch mir der Name des berühmten Schriftstellers nicht unbekannt ist.

„Herr Vogt erlag einem Herzinfarkt. Es ist bekannt, dass er bereits zwei Infarkte hatte und nur durch Stents noch am Leben teilnehmen konnte. Außerdem war er noch vor kurzem bei mir und ich musste ihm eine bittere Mitteilung machen. Darüber darf ich allerdings aufgrund meiner Schweigepflicht nicht sprechen."

Ich flüstere leise, dass ich darüber Bescheid wisse. Er hätte es in einem Brief geschrieben, den ich vorhin gelesen habe.

„Soso ... ", missbilligend sieht er mich an. Mehr sagt er nicht. Aber diese vier Buchstaben reichen, um mir mein schlechtes Benehmen ihm gegenüber am Telefon wieder ins Bewusstsein zu rufen.

Und dieses Mal überwinde ich mich, springe über meinen Schatten und bitte ihn, mir meinen schroffen Ton zu verzeihen, den ich vorhin ihm gegenüber angeschlagen habe.

Er erhebt sich langsam und als er vor mir steht, kann ich nicht anders, als ihm auch noch meine Hand hinzuhalten, damit er sie ergreift und mir damit Absolution erteilt.

Er spürt wohl, wie wichtig mir das ist. Es dauert nur einige für mich quälend lange Sekunden, bis er sie endlich ergreift und mich anlächelt.

„Gerade noch die Kurve gekriegt, junge Frau, würde ich sagen. Aber aufgrund ihres Berufes und der Situation kann ich dafür sogar Verständnis aufbringen. Also, an seinem Tod ist nichts ungewöhnlich und wir können den Bestatter rufen. Ist das OK für Sie?"

Ob ich will oder nicht, bevor ich antworte, muss ich mich auch dringend bei Jan Gerdes entschuldigen, dass ich ihm so eine Tat zugetraut habe. Sonst kann ich mich nie wieder auf Wangerooge blicken lassen.

Ich bringe auch das schnell hinter mich und antworte Hinrichs dann auf seine Frage.

„Da ich von eurem örtlichen Bestatter keine Telefonnummer habe und Herr Vogt ja eines ganz natürlichen Todes gestorben ist, wäre ich Ihnen dankbar, wenn Sie das übernehmen würden."

Würde ich Hinrichs jemals wiedersehen, wenn sich unsere Wege jetzt trennten? Das war für mich plötzlich zu einer ganz wichtigen Frage geworden. Die konnte ich ihm aber nicht einfach so stellen, ohne eingestehen zu müssen, dass ich mehr als nur oberflächliches Interesse für ihn empfinde.

Da fällt mir der Brief wieder ein.

„Doktor Hinrichs, ich wäre Ihnen sehr dankbar, wenn sie mir noch einen Rat wegen einer anderen Sache geben würden. Könnten wir uns nachher kurz zusammensetzen, damit ich mit Ihnen darüber reden kann?"

Er überlegt kurz. Dann aber nickt er und meint, dass er noch nichts Anständiges gegessen hätte und ob man sich in einem Restaurant treffen könne.

Dagegen sprach absolut gar nichts. Denn auch ich spüre jetzt, wie mein Magen anfängt zu knurren.

„Fisch oder Fleisch?", fragt er.

„Fisch", antworte ich.

„Igitt", mischt sich Jan Gerdes ein.

Und ich kann es erstens nicht glauben, dass ein Mensch keinen Fisch mögen kann und zweitens, dass ich gleich einen netten Abend mit einem noch netteren Mann verbringen würde.

Single zu sein, ist auf Dauer wirklich nicht so toll!

Schwarzer Frühling

Gekämpft und doch verloren / Geschichte über eine magersüchtige Frau, die stirbt und noch einmal ihr Leben reflektiert.

Frühling sieht anders aus, dachte sie. Obwohl im April das Wetter ja immer verrücktspielte.

Josefine lag in ihrem Bett und schaute sinnend zum Fenster hinaus. Sie sah in der Ferne dunkle Wolken aufkommen und wusste, dass ein Gewitter nicht mehr fern war. Ein Gewitter ist reinigend, dachte sie, es soll ruhig kommen. Und Frühlingsregen macht schöne Haut. Das hatte ihre Mutter früher oft gesagt. Wie so vieles, was nicht unbedingt stimmen musste, wie sie manchmal herausgefunden hatte. Sie betrachtete ihre dünnen Arme und fand, dass sie ziemlich fahl und ein bisschen wie Pergament aussahen. Da würde auch ein kräftiger Regenguss nicht mehr viel ausrichten können.

Im Prinzip war es ihr auch egal. Der Tod stand schon lange an ihrem Bett und beobachtete sie. Ihre Haut spiegelte nur ihren allgemeinen Zustand wider...

»Guten Morgen, Schwesterchen«, hörte sie von der Türe nun die fröhliche Stimme ihrer Schwester Aimée.

Sie wandte ihren Kopf und zwang sich, ein wenig zu lächeln. »Es wird ein Gewitter geben«, sagte sie leise. »Zieh´ den Antennenstecker aus dem Fernseher.«

»Ach Josie, um was du dir immer Sorgen machst«, lachte ihre Schwester. »Wir haben doch einen Blitzableiter. Der wird schon dafür sorgen, dass hier nirgendwo der Blitz einschlägt.«

»Trotzdem... «, protestierte Josefine schwach. »Man weiß ja nie«.

Aimée war nun am Bett angekommen und umarmte Josefine so vorsichtig, als ob sie ein zerbrechliches Ei wäre. Elendig und schwach sieht sie aus, dachte sie. Kein Wunder, sie isst ja auch kaum etwas. »Soll ich dir ein leckeres Frühstück machen? Du magst doch gerne Omelette. Ich könnte dir eins mit Krabben zubereiten. Habe extra gestern für dich schon mal einige gepuhlt. Und du weißt, wie schwer ich mich immer damit tue.«

Aimée hob den Körper ihrer Schwester ein wenig an, so dass sie sitzen konnte und schüttelte ihr das Kopfkissen auf. Das war ihr schon in Fleisch und Blut übergegangen. Nach jeder Umarmung das Kissen aufschütteln. Josefine mochte es, sich dann wieder sanft zurück legen zu können. Dicke, flauschige Kissengeborgenheit. Dankbar sah sie Aimée an. »Du musst dir nicht immer so viel Mühe machen. Ich habe auch überhaupt keinen Appetit.«

»Der kommt beim Essen«, konterte Aimeè. »Und Mühe macht es mir überhaupt nicht. In ein paar Minuten ist alles fertig. Du weißt doch, dass es mir nichts ausmacht. Ich würde sogar mit dir zusammen essen. Na, ist das ein Angebot?«

Josefine musste wieder lächeln. Das war wirklich außergewöhnlich. Denn sie wusste, dass sie es nur ihr zuliebe tat. Normalerweise aß Aimeé morgens nur einen Apfel oder einen Joghurt und hatte überhaupt keine Lust auf das, was die Leute ein normales Frühstück nennen. Das ging alles zu Lasten ihrer Figur, die sie sich unbedingt erhalten wollte, als gefragtes Model.

Auch Josefine hatte jahrelang gemodelt. Sie hatte viel Geld damit verdient. Letztendlich jedoch dafür einen noch höheren Preis gezahlt. Um ihre Maße zu halten, aß sie immer sehr wenig bis gar nichts.

Dann kam noch die Magersucht hinzu. Sie konnte und wollte nichts mehr bei sich behalten. Empfand sich ständig als zu dick und erbrach sich direkt nach dem kleinsten Bissen wieder. Etliche Therapien und Krankenhausaufenthalte hatten nichts gebracht. Sie wurde trotzdem immer dünner. Modeln konnte sie schon lange nicht mehr. Ihre Gesundheit ließ es nicht zu. Und mit der Zeit verlor sie Stück für Stück ihre einst strahlend weißen Zähne und auch ihre goldblonden, langen Haare fielen ihr nach und nach aus. Sie hatten keinerlei Glanz mehr und wirkten stumpf und leblos. Ihre Augen erschienen riesengroß in dem kleinen hohlwangigen Gesicht. Josefine war mittlerweile nur noch ein Schatten ihrer Selbst.

Eigentlich hätte sie zwangsernährt werden müssen, wie noch vor 3 Monaten, als sie nur noch 38 kg gewogen hatte. Ihre Nieren machten ihr zu schaffen und auch schwere Herzrhythmusstörungen waren eine Folge ihrer Krankheit. Nachdem die Ärzte es geschafft hatten, sie wieder so aufzupäppeln, dass sie eigentlich nach Hause hätte entlassen werden können, diagnostizierten sie ihr kurz vor der eigentlichen Abschlussuntersuchung etwas Schreckliches. Speiseröhrenkrebs! Eine Operation, um die Tumore zu entfernen, wäre bei ihrem noch schwachen Allgemeinzustand nicht in Frage gekommen. Die einzige Alternative hieß Chemotherapie oder Bestrahlung. Das aber lehnte Josefine entschieden ab. Infolgedessen hatte sie schon bald starke Schluckbeschwerden. Da diese auch mit Schmerzen verbunden waren, ließ sie sich zumindest darauf ein, sich einen Stent setzen zu lassen, ein Kunststoffröhrchen, welcher die Engstelle in ihrer Speiseröhre offenhielt und ihr so wieder das schlucken ermöglichte. Und dem hatte sie auch nur zugestimmt, weil ihr ansonsten wieder die Magensonde hätte gesetzt werden müssen. Ab da wusste Josefine, dass ihre Tage gezählt waren. Tage, in denen sie anfing rückblickend auf ihr Leben zu schauen. Wie hatte das alles angefangen? Ihre selbstsüchtige, dominante Mutter hatte ihre Familie von einem Tag auf den anderen verlassen. Nichts war ihr gut genug gewesen und die Quengelei ihrer damals noch kleinen Mädchen war ihr auf die Nerven gegangen. Ihr Vater fand als Abschiedsgeschenk ihren Ehering und einen Zettel auf dem Tisch. Darauf stand: Sieh zu wie du mit den Gören klar kommst in deiner kleinen spießigen Welt! Ich bin weg.

Von dieser Zeit an begann ihr Vater sich zu verändern. Er fing an zu trinken. Erst nur abends beim Fernsehen. Später schon am frühen Nachmittag und sehr viel später rund um die Uhr. Sein Charakter veränderte sich auch. Josefine und Aimée litten sehr unter seinen Aggressionen, die sich dann bei ihm freisetzten. Er neigte zu jähzornigen Gewaltausbrüchen, die sie stets mit Prügeln zu zahlen hatten, verhängte willkürlich unsinnige Strafen und bald schlichen die Mädchen nur noch, wie um sich unsichtbar zu machen, im Haus herum.

Dann kam der Tag, an dem er sich Josefine eines Tages schnappte und sie zwang ihm sexuell zur Verfügung zu stehen. Sie wäre alt genug, um eine richtige Frau zu werden, meinte er. Und nach anfänglichem Widerstand, den er natürlich, wie es mittlerweile seine Art war, mit roher Gewalt brach, ließ sie alles über sich ergehen. Viele Tage und Nächte lang...

Sie fing an ihren Körper zu hassen. Während andere Mädchen stolz ihren Busen mit Push-up BHs betonten und offenherzig die knappsten Tops trugen, versuchte sie ihre kleinen Brüste zu verbergen und zog es vor, XXL- T-Shirts und weite Schlabberhosen zu tragen. Nur nicht auffallen. Nur nicht erwachsen werden. Immer klein bleiben - das war ihr Wunsch. Aber sie war nun mal leider doch schon etwas zu sehr entwickelt für ihren Vater, der sie niemals in Ruhe ließ. Später war er bei einem Verkehrsunfall, bei dem er betrunken am Steuer gesessen hatte, zu Tode gekommen. Endlich war sie ihren Peiniger los, den sie in manchen Stunden tatsächlich zur Hölle gewünscht hatte. Aber ihre Erleichterung währte nur kurz. Zunehmend machte sich bei ihr ein schlechtes Gewissen breit. Denn schließlich war er ja trotz allem ihr Vater. Sollten ihre Verfluchungen daran schuld gewesen sein, dass ihm so etwas geschehen war? Bei einer ihrer ersten und den darauffolgenden Therapien hatte man deshalb versucht, vermehrt an ihren Schuldgefühlen zu arbeiten. Ohne Erfolg. Ihre Mutter hatte sie verlassen. Auch dafür gab sie natürlich sich die Schuld. Ihr Vater konnte ja gar nicht anders, als sich an ihr zu vergreifen. Er war ja so ein bedauernswerter Mensch, hatte sie am Anfang noch geglaubt. Und schließlich war es ja ihre Schuld, dass Mama weggegangen war...

Aimée hatte sich in all der Zeit rührend um sie gekümmert. Die Ereignisse hatten die Schwestern noch enger zusammenwachsen lassen. Aimée war Josefines Schicksal erspart geblieben. Er hatte sie in Ruhe gelassen, weil sie immer schon stärker und aufmüpfiger gewesen war und sich zu wehren wusste. Nach ein, zwei halbherzigen Versuchen hatte ihr Vater bei ihr aufgegeben. Prügel hatte Aimée trotzdem bekommen, genauso wie Josefine. Dagegen konnte sie sich nicht wehren.

Und jetzt war sie also am Ende Lebens angekommen. Mit nur 29 Jahren war Schluss. Es fühlt sich gar nicht so schlimm an, dachte Josefine. Sie hatte sich den Tod schlimmer vorgestellt. Im Hintergrund hörte sie ein dumpfes klirrendes Geräusch. Und dann wie durch Watte den Schrei ihrer Schwester. »Nein, Josie! Verlass mich noch nicht!«

Doch auch das rückte langsam in weite Ferne. Sie fühlte sich leicht und fröhlich. Keine Spur mehr von Krankheit und Schwäche. Aimée hatte das Tablett mit dem Frühstück fallen gelassen und stürzte sich auf ihre Schwester, um sie zu umarmen. Tränen liefen über ihr Gesicht. Sie hatte sofort erkannt, dass es jetzt soweit war. Der Tod stand neben ihrem Bett und hatte sie in seine Arme genommen. Josefines Hände wanderten über die Bettdecke. Flocken sammeln. Flocken, die nur sie sehen konnte vor ihrem geistigen Auge. Lebensmomente, die sie einfangen, sich noch einmal ansehen und mitnehmen wollte.

»Du darfst mich nicht alleine lassen! Josie, hörst du! Komm zurück! Ich liebe dich doch!«

Dann sah sie den entspannten, entrückten Gesichtsausdruck im Gesicht ihrer Schwester. In diesem Moment wusste Aimée, dass sie loslassen musste, damit ihre Schwester in Ruhe gehen konnte. Alles andere wäre egoistisch gewesen. Sie sollte ihren Frieden finden. Endlich. Ein greller Blitz erhellte das Zimmer für Sekunden. Dem folgte ein dröhnender Donnerschlag. »Siehst du, ich habe dir doch gesagt, dass der Blitz hier nicht einschlägt...«

Dann nahm sie Josefines Hand in die ihre und blieb bei ihr sitzen, bis das Gewitter endlich nachließ.

Heikos Angst

oder der Kapuzenmann

Heiko Groß und seine Mutter standen vor dem blaugestrichenen Haus in der Gartenstraße und klingelten schon eine ganze Weile. Sie hatten auf dem Wochenmarkt, wie immer für den alten Mann eingekauft und wollten ihm seine Lebensmittel jetzt bringen.

Entweder haätte Opa Berends sein Hörgerät nicht eingeschaltet oder irgendetwas musste passiert sein. Es regnete stark und sie wollten unbedingt ins Trockene.

Heikos Mutter wollte es jetzt wissen. Sie bat Heiko, hier an der Türe stehenzubleiben und nicht wegzugehen.

Nachdem er nachdrücklich mit dem Kopf sein Einverständnis gegeben und dreimal ja Mom, gesagt hatte, lief sie um das Haus herum, um im Garten nachzuschauen. Heiko brummelte vor sich hin, dass er doch kein Kleinkind mehr wäre. Schließlich war er mit seinen zwölf Jahren schon fast erwachsen und brauchte seine Mutter eigentlich gar nicht mehr. Sie betüdelte ihn immer viel zu sehr, fand Heiko. Voll peinlich manchmal.

Gerade als sie um die Ecke gebogen war und somit aus seiner Sichtweite, öffnete sich die Haustüre und ein Mann mit einer Kapuzenjacke rannte an Heiko vorbei. Er streifte ihn dabei mit seinem Arm. So doll, dass Heiko fast umgefallen wäre. Man, ist der blöd, dachte Heiko. Kann der nicht aufpassen, wo er hinrennt? Was hat der überhaupt bei Opa Berends gemacht?

Nach kurzem Überlegen, ob er seinen Platz verlassen sollte oder nicht, siegte seine Neugier.

Heiko ging die Stufen zum Haus hoch und öffnete die Haustür, die offenstand, weiter, so dass sie erst die Wand der Diele stoppte. Ihn beschlich ein mulmiges Gefühl. So, als wenn er wieder mal seine Hausaufgaben nur zur Hälfte gemacht hätte und er genau wusste, dass sein Lehrer ihm deswegen den Marsch blasen würde. Trotzdem ging er langsam weiter in Richtung Wohnzimmer. Er hörte von draußen die Stimme seiner Mutter, wie sie nach Opa Berends rief. Im Haus roch es nach altem Tabakrauch und Katzenurin.

Opa Berends schaffte es nicht mehr so gut, das Katzenklo sauber zu halten. Darum machte seine Katze ihr Geschäft dahin, wo es ihrer Meinung nach passte. Meist auf Läufer und Teppiche. Manchmal auch auf die Wohnzimmersessel oder auf die Couch. Heiko schüttelte sich. Das war ekelig. Auch wenn der Opa ansonsten ein netter Mann war und immer Süßigkeiten oder ein paar Euro für Heiko übrig hatte, war er immer froh, wenn sie wieder gingen.

Jetzt stand er im Türrahmen des Wohnzimmers. Er konnte nicht fassen, was er da sah. Obwohl er vor Angst glaubte, keinen Ton herausbringen zu können, rief er im gleichen Moment laut nach seiner Mutter: »Mutti, du musst sofort kommen! Opa Berends ist voller Blut!«

Rebecca Groß, die ihre Suche im Garten sowieso schon aufgegeben hatte und gerade nach ihrem Sohn sehen wollte, weil die Haustüre offenstand, stürzte hinter ihm ins Wohnzimmer.

»Du solltest doch da stehenbleiben«, bekam sie gerade noch über die Lippen. Aber als sie ihren Blick auf den Fußboden senkte, stockte ihr der Atem. Sie schlug sich eine Hand vor den Mund und erstarrte.

Der alte Mann lag halb auf dem Fußboden und halb auf seinem Hocker, auf den er sonst seine Füße hochlegte und der vor seinem alten grünen Sessel stand. Langsam gingen Rebecca und Heiko auf ihn zu. Rebecca beugte sich zu ihm hinunter und berührte ihn sanft am Arm.

»Herr Behrends... « flüsterte sie. »Können Sie mich hören?« Keine Reaktion.

»Atmet er noch, Mutti?«, hörte sie die Stimme ihres Sohnes direkt neben ihrem Ohr.

Aus einer Wunde am Kopf tropfte Blut. Der Teppichläufer darunter war schon blutdurchtränkt. Kein schöner Anblick für einen zwölfjährigen Jungen. Das dachte sich Rebecca Groß auch und zog Heiko mit sanfter Gewalt aus dem Zimmer.

»Wir müssen einen Krankenwagen anrufen«, meinte sie und sah sich suchend nach einem Telefon in der Diele um.

»Das steht doch im Wohnzimmer auf seinem Schreibtisch«, erinnerte sie Heiko. Er wusste, dass Herr Berends aus Bequemlichkeitsgründen vor einem Jahr sein Telefon immer in Griffweite seines Sessels liegen hatte. Nur abends stellte er es wieder auf die Ladestation. Das hatte Heiko manchmal für ihn erledigt, wenn sie ihn besuchten und es später geworden war.

Seine Mutter bekam rote Flecken im Gesicht und sie atmete sehr schnell.

»Mutti, du darfst dich nicht aufregen!«, rief Heiko. »Denk an deinen Blutdruck.«

Rebecca wollte sich auch nicht aufregen, aber bei so einer Sache… Außerdem hatte sie in ihrem Alter noch keine Probleme mit hohem Blutdruck. Den Spruch hatte Heiko sicher mal im Fernsehen gehört.

»Heiko, mach dir keine Sorgen«, entgegnete sie um Fassung bemüht. „Ich habe keinen Blutdruck."

Dabei bemühte sie sich um ein Lächeln, obwohl sie ahnte, dass es ihr misslang.

»Es ist jetzt erst einmal wichtig, dass der Krankenwagen kommt. Ich hole das Telefon. Du bleibst hier stehen.« Sie ließ endlich seinen Arm los, den sie die ganze Zeit umklammert hatte und sah ihm fest in die Augen.

Heiko strich sich ein paar blonde Haarsträhnen aus dem Gesicht und hob zwei Finger seiner Hand nach oben.

»Indianerehrenwort«, murmelte er und stellte sich neben die Eingangstüre, mit dem festen Willen, dort auf keinen Fall wieder wegzugehen, bevor seine Mutter es erlauben würde.

Das war der Kapuzenmann, dachte er im Stillen. Ob er es seiner Mutter sagen sollte? Seine schweißnassen Hände hatte er tief in die Innentaschen seiner Jeans versenkt und verknotete dort seine Finger. Immer und immer wieder.

Sie muss es unbedingt wissen, beschloss er nach längerem Nachdenken. Vielleicht kam der Mann ja zurück und…

Scheisse! Er hat mich gesehen, schoss es Heiko durch den Kopf. Er hatte ab und zu schon mal Krimis im Fernsehen angeschaut und andere Dinge auf dem PC, die er in seinem Alter noch gar nicht hätte sehen dürfen.

Ich bin ein Augenzeuge. Der Typ wird mich umbringen, wenn er mich findet! Heikos Kopf fuhr ein Gedankenkarussell der höchsten Stufe. Alles überschlug sich und er wurde immer nervöser und unruhiger.

Währenddessen hatte seine Mutter das Telefon gefunden und er hörte, dass sie vermutlich mit jemandem vom Rettungsdienst sprach. Sie beschrieb gerade, was sie vorgefunden hatten.

Dann hörte er sie fassungslos fragen: »Die Polizei anrufen? Aber wieso denn? Herr Berends wird gestürzt sein.«

Für Heiko hatte diese Aufforderung nichts Abstruses mehr an sich. Er war nicht dumm und konnte gut schlussfolgern. Herr Berends war überfallen worden. Der Täter, also der Kapuzenmann, hatte den Opa wohl niedergeschlagen, um an dessen Geld zu kommen. Und dann hatten er und seine Mutter geklingelt. Da fand er es wohl besser, schnell abzuhauen. Durch das Küchenfenster wird er gesehen haben, dass da nur Heiko stand und die Gefahr gering war, dass der Junge ihn aufhalten würde.

Heiko bekam mit, dass seine Mutter jetzt mit der Polizei telefonierte. Es regnete immer noch stark. Gerade wollte er die Haustüre schliessen, nicht nur wegen des Regens, sondern auch weil seine Angst immer größer geworden war, dass der Täter zurückkommen und ihm etwas antun könnte, da passierte es auch schon!

Aus den Augenwinkeln heraus bekam er noch mit, wie jemand um die Ecke geschossen kam, dann traf ihn ein harter Schlag am Kopf.

Als er wieder erwachte, war es dunkel und sein Blick fiel auf die zugezogenen, gestreiften Gardinen am Fenster. Noch war ihm nicht klar, wo er sich befand. Sein Kopf schmerzte fürchterlich und er begann mit der linken Hand ihn vorsichtig abzutasten. Ein Verband. Das konnte er fühlen. Was war passiert? Wo war seine Mutter?

Neben seinem Bett stand ein Apparat, der Zahlen in bestimmten Abständen aufleuchten ließ. Es piepste leise.

Heiko wollte sich zur Seite drehen, aber sein rechter Arm hinderte ihn daran. Er war festgeschnallt und mit einem Tropf verbunden, der an einer Art Galgen hing. Dann begann er sich langsam zu erinnern…

»Bist du endlich wieder wach, mein Junge«, hörte er die Stimme seiner Mutter, die an sein Bett getreten war und ihn vorsichtig in den Arm nahm. Er sah Tränen in ihren Augen. Aber auch Freude.

»Mutti, wo bin ich? Was bedeutet das alles hier?«

Hilfesuchend warf er seine Blicke erst auf den Tropf, dann auf den piependen Apparat neben seinem Bett.

»Alles wird gut«, meinte seine Mutter und klärte Heiko in kurzen Sätzen darüber auf, dass er im Krankenhaus wäre und zur Beobachtung eine Nacht dort verbringen müsse.

Dann erzählte sie ihm ausführlich, was passiert ist, nachdem Heiko vom Kapuzenmann bewusstlos geschlagen worden war. Es war genauso gewesen, wie Heiko es schon vermutet hatte. Es hatte bei Opa Berends geklingelt. Dieser hatte arglos geöffnet, woraufhin der Täter in die Wohnung eindrang, die Türe zuwarf und den alten Mann vor sich her ins Wohnzimmer drängte.

Er wollte Geld und Wertsachen. Nachdem Opa Berends stur geblieben war, hatte der Einbrecher eine Pistole aus der Tasche gezogen und ihn bedroht. Nachdem der alte Mann auch darauf nicht so reagierte, wie es der Kapuzenmann gerne gewollt hätte, hat er Opa Berends den Kolben der Pistole über den Kopf geschlagen. So fest, dass es zu sehr starken Blutungen gekommen war.

Heiko setzte sich erschrocken im Bett auf. »Was ist mit ihm, Mutti? Ist er etwa…?« Er ließ seine Frage im Raum stehen. Wollte das Furchtbare nicht aussprechen.

Doch seine Mutter beruhigte ihn schnell. »Alles ist gut, Heiko.«

Sie streichelte ihm über den freien Arm, der nicht am Tropf hing. »Herr Berends hat es überlebt. Der Rettungswagen war innerhalb von fünf Minuten da – kurz vor der Polizei, die den Mann der dir und dem lieben Opa Berends das angetan hat, sofort festnehmen konnte. Wir haben uns nur gefragt, warum er überhaupt zurückgekommen ist.«

»Das kann ich dir sagen«, antwortete Heiko.

»Ich habe ihn gesehen, als er aus dem Haus gelaufen kam. Er wollte mich bestimmt… »

Heiko druckste herum. Er wollte dieses Wort nicht sagen. Genauso wenig wie er das Wort tot nicht aussprechen konnte.

Obwohl Heikos Mutter ganz blass geworden war, nachdem sie diese Information von ihm bekommen hatte, versuchte sie tapfer zu lächeln. Sagen konnte sie nichts. Aber sie nahm Heiko noch einmal liebevoll in den Arm. Er wehrte sich nicht dagegen. Auch wenn man schon zwölf ist, darf man sich ruhig mal von seiner Mutter ein bisschen trösten lassen, dachte er.

Der innere Feind

Mein innerer Feind heißt Disziplin,

bis heute kriege ich nichts hin.

Es fängt schon beim Diäten an.

Ich will ja schon.

Was hindert mich dran?

Der innere Schweinehund dort sitzt

und wachsam seine Ohren spitzt.

Das wird er zu verhindern wissen.

Er kennt ja meine Hauptprämissen.

Nicht rauchen, trinken, wenig essen und

bloß nicht Sport dabei vergessen.

Mental versabotiere ich mich,

der Feind in mir lacht königlich.

Er weiß ja, dass er Sieger bleibt.

´s gibt keinen, der ihn schnell vertreibt.

Du kannst das nicht. Lass besser sein.

Er redet permanent hinein!

Wozu dich quälen, ohne Lust?

Dadurch entsteht doch neuer Frust!

Das schaffst du nicht. Du bist zu dumm.

Er spricht und ich bleib einfach stumm.

Gib auf! Brich ab! Die laute Stimme...

Ich ziele scharf mit Korn und Kimme.

Ein Schuss und ich bin frei von ihm.

Lass die Gedanken weiterzieh´n.

Was wäre denn, wenn ich es schaffe?

Setz´ jetzt dagegen - Wunderwaffe!

Motivation und gute Freunde,

vertreiben Hunde und auch Feinde.

Mein Gewissen

Haut an Haut mit

dir,

Mir wird so wohlig

warm.

Es öffnet sich eine

Tür.

Dein Herzschlag wird mit meinem

Eins.

Was sagt mein

Gewissen?

Habe gerade

keins.

Genieß´ es einfach hier zu

sein.

Bald gehst du

 fort.

Warum nennt deine Frau dich

SCHWEIN?

Geschichten, die polarisieren. Die einen traurig oder wütend machen. Die an den Nerven zerren und manchmal zum Lachen bringen.
Wenn Sie schwache Nerven haben, fragen Sie vor der Lektüre Ihren Arzt oder Apotheker :-)

***

Hier ein kleiner Ausschnitt von dem, was Sie in diesem Buch erwartet:

<u>Wolf im Schafspelz oder Mein Mann, der Serienmörder</u>

Wie ist es wohl, wenn man plötzlich durch einen Zufall feststellt, dass der Ehepartner ein gesuchter Serienkiller ist?
Evelyn Hellbach muss sich genau diese Frage stellen, nachdem sie in der Garage in einer alten Kommode jede Menge an obskuren Dingen findet. Alles deutet darauf hin, dass nur ihr Mann sie dort versteckt haben kann. Ist sie sein nächstes Opfer?

<u>Alles nur Show</u>

Transgender? Transsexuell? Travestie, Transvestit? Viele Menschen blicken da fast nicht durch, wenn sie die Begriffe hören. Das alles spielt für den jungen Mann, der jeden Abend in einer Bar als Travestiekünstlerin auftritt, keine Rolle. Er weiß genau, was er will und was nicht. So muss er einen heiß glühenden Verehrer, der ihn nicht in Ruhe lässt und trotz seiner eindeutigen Heterosexualität, an diesem Abend seine Grenzen zeigen. Er beschließt eines Tages, sich zu demaskieren, um ihm zu zeigen, dass alles nur Show ist!

Klebrige Hohlraumversiegelung

Diese beiden Worte hat Hajo Borowski immer im Kopf, wenn er an seinen Vater denkt. Auch wenn er durch seine fortschreitende Krankheit viel vergisst, so sind diese Wörter fest bei ihm eingebrannt, die sein homophober Vater, früher mindestens einmal am Tag in einem bestimmten Satz, hasserfüllt und verachtend zu ihm gesagt hat. Früher, als er noch nicht an Demenz erkrankt war, sein Vater es ihm aber einfach unterstellt hatte, nur, weil Hajo schwul war. Er nutzte jede Gelegenheit um ihn zu demütigen. In so einem Kopf könne ja kein Verstand sein. In Hamburg, der Stadt, in der Hajos Eltern immer noch wohnen, bekommt er einen erneuten Schub dieser furchtbaren Krankheit und findet sich vor dem Haus seiner Eltern wieder.

Miris schwarze Herbstsonate

Miri ist 16 und hält in ihrem Tagebuch fest, wie ihr Leben sich verändert hat, seit dem Tag, als sie anfing, das erste Mal einen Joint zu rauchen.
Obwohl sie lange Zeit unbeirrt darauf beharrt, dass sie alles unter Kontrolle hat, gerät ihr Leben nach und nach aus den Bahnen. Innerhalb kürzester Zeit ist sie von den sogenannten weichen Drogen, bei dem alles zerstörenden Crack gelandet. Ihr Freund Lucky macht sich die schlimmsten Vorwürfe, weil er sich für alles die Schuld gibt. Ist das wirklich so?

Ich danke allen, die an mich glauben und mich unterstützen, vor allem meiner Familie. Sei es mit konstruktiver Kritik oder Ideen. So etwas ist für mich Gold wert.
Besonders danke ich Susanne Kaminski, die mit Feuereifer eingesprungen ist, als es um Dinge ging, die ich ohne ihre Hilfe nur schwer hätte lösen können. Deine Mitarbeit und immer wieder auch der positive Zuspruch haben mir Mut gemacht.

Biggi Ahlers